包冠涵

敲昏鯨魚

增訂新版

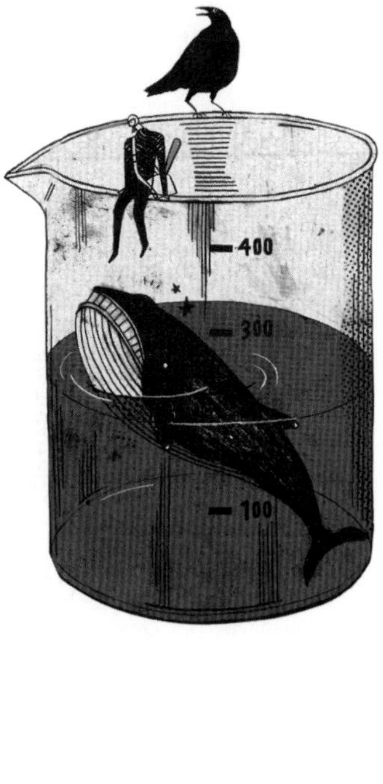

目次

推薦人的話：

花上整個季節凝視

朱少麟

有些作品極易讓人愛上，一口氣讀完後，又永遠忘記它。包冠涵的作品很不一樣，讓人自願跌入一種悠長的聚散，就像樂意花上整個夏季，凝望一座遠山。

乍看他的小說，富含天真奇趣，我卻覺得這些文字背後藏著很隱密的劇烈掙扎。

他的筆力像刀，可以劈開原有的向度，如同黑洞一樣，令人敬畏，因為他的重力就是比你大。

這是近年來第一個讓我感覺極亮眼的新生代作家。

（本文作者朱少麟著有《傷心咖啡店之歌》、《地底三萬呎》、《燕子》。）

灰色修伯里
——包冠涵小說的童幻魅力

周芬伶

這幾年不知分由地冒出許多很會寫的七年級生，以前東海幾年出一個，現在一、二年間好幾個都很強，楊富閔的作品與人氣皆受肯定，周紘立的散文尚有可為，這是冒出頭的，沒冒出頭的更有可為。不是說E世代對文學冷感嗎？跟前代寫作者相比，他們更純粹，彷彿是為寫作而生。這絕不是諷刺，而是跟夢一般真實；只能說他們走向另一個極端，鑽得更深。

早早地開始寫，大量閱聽，呼吸都是文學的空氣，比我們那時代更純粹，因為我們讀的書很雜，也遲遲下不定決心豁進去。但他們就這樣一路走下來，這其中包子（包冠涵）是很特殊的一個。

第一次見他是在他得首獎的評審會上，駱以軍跟袁瓊瓊都大力讚美，因而輕易得第一，他在會上，遠遠看去只是一片模糊，倒是他身邊的女朋友明艷跳脫，龐克風。

一年之後才到創作課來，他話很少，又愛穿牆壁色系，整個人完全與牆壁合而為一，這是個愛躲藏的隱形人，身邊的龐克女友像光，而他是影。

極度害羞，拼命書寫，幾乎兩三週就有新作，都是令人驚喜的作品，這激勵其他人急起直追，創作何需理論，捉對廝殺就是了，記得我們在放假的聖誕節還上課，在冷得要死的危樓上，幾乎全員到齊。

包子來東海之前，大約跟小王子一樣流浪過九十九個星球，謎樣的身世，曲折的求學路程，不知不覺環島一周。他愛顛倒看世界，用眼淚澆灌玫瑰，然後訴說他的星海遊蹤，他的夢幻氣質與純樸本色彷彿是赫拉巴爾的小說人物，具有無盡孤獨打造的鑽石孔眼。

他讓我想起王文興或黃國峻，躲在文學的國度中雕刻文字，只與自己對話，對文學的要求十分嚴峻，文字西化，個性沉默而近於自閉，寫小說再嚴肅的主題都會讓我們發笑，文字咬得很細，但能咬出生命的滋味與趣味：想像力有童話感，也跟童話一般自由，也能打蛇七吋，有股狠勁。

集子裡的小說從二〇〇三開始至二〇一二，寫小說至少有九年以上，作品量已夠出兩、三本小說集，這本集子只有兩百五十六頁，所以是精選。他早已走在自己的小徑上，我相信桂冠與荊棘都不能干擾他，改變他，這算是我多年來看人的直覺與假設。

人都會變，但我也見過不易摧折之人，只是他們所面對的未來，是更危亂、媚俗的未來，不敢想像他們的文學夢會遭到如何之挫折與幻滅？

當此之時世，人更要護住自己，往內探求，掄九十九個星球以扭轉乾坤，往更細微的心靈層次走去，不需改變自己，應該改變的是這個世界。這個世界在該有人性的地方無人性，親情、愛情、政治……；在無人性之處充滿電流，物質、流行、空間、虛擬世界……。我們沒有錯，錯的是這個世界！

只要有此大自信，大魄力，於小王子何懼？

讀過幾年哲學系的他，腦子裡充滿怪怪的可愛想法，有時純真有時邪惡；有時嚴肅有時詼諧，他對哲學的熱情，讓他像沙特、卡繆那一代的小說家，生命的問題籠罩一切，到底什麼是真正存在的事物？他一直追問，上天下地，答案通常是美與感動，他並非存在主義者或古典理性主義者，他像禪宗或達賴喇嘛一樣只相信柔軟的心。修伯里也喜歡描寫動物表達生命的深邃與人性的慈悲：

「窗外的春光明媚，欣欣向榮的麥穗日益豐盈，一切看來生機無限，而死亡卻迫在我們的眼睫。為何這麼美好的春日要用來對照死亡呢？為何這麼甜美的生活情境卻成了對生命的諷刺呢？我實在不該再照實寫下去的……」

「而你就像是在老鷹翱翔身影下玩耍的小田鼠，在小麥田裡歡喜地活蹦亂跳，自以為還能好好的活著，卻不知自己早已成為老鷹的囊中物。」

「人總以為自己害怕的是死亡，其實他所害怕的只是死亡的不可知。在即將死亡時你所面臨的不是死亡，人害怕的是自己，不是死亡。當身體進入死亡狀態，人的本質竟會顯現！」（《戰鬥飛行員》）

問包子為什麼每篇都有動物，他說「有了動物，讓我比較安心。」極度怕人與害羞的他，動物就像掩護體一樣，讓他較能探出頭來，動物也是生命思索的媒介，人與自然（世界）的溝通之路。

動物在小說中常只是寓言或隱喻，如今成為小說中的焦點或重要角色，以動物為主題的小說常與哲學、信仰脫離不了關係，可以預見這個世紀動物小說會持續發燒。

仔細讀這些有極短、短篇、中篇的小說集，若干地方有翻譯小說的味道，說沒鄉土味，他也寫了台中與清水，媽祖廟與米糕。有些地方像七等生，但只有一點像。

只能說他像他自己，一個不規則的不規則動詞，不受任何拘束，他讀了四、五所大學，台灣走透透，只學會一招：不上課與躲起來。

他說小時候差點拿掃把打老師，母親被叫到學校，在自白書上寫道：「我採用的是自由放任的教育」，自由散漫的母親養出更自由散漫的人。

也只有在跟他通信時才感到他書寫的全神貫注與嚴肅，讀他的信無人不感動，如果出個書信集應是傑作：

一個幻想的人之所以不相信自己的幻想，不見得是他擔心幻想將會帶他前往到何等恐怖、虛妄或瘋狂的境地，而是他不相信自己的心中有些什麼不會毀壞的印記可以再度喚他回來。也突然想到：也許幻想最美的可能不是終於完造了幻想的國度，而是到達了那個國度後，回返的歸途才會浮現。

他的信常長達數千字，裡面充滿自省與深刻的思考，節錄一小段也許更能表達他自己。

他是一個幻想者，幻想者寫出的小說充滿奇異的幻想是自然不過的事，可以說他早一步搭上少年PI的動物熱，我們可以理解鱷魚、老鼠這些隱喻，那「耳垂湯」

呢？我覺得是當中較好的一篇，他討論的無非是存在的事物不一定存在，不存在的事物也不一定不存在，人物也很鮮明，語言有趣，一篇題旨複雜的小說，被他輕輕幾筆解決，沒有太多說理，是較成熟的作品。

相較之下，〈老鼠與海〉說理的部分似乎太多，然篇後老教授的信令人心醉神迷，讓我們訝異原來小說與哲學互為表裡理所當然不過，然而我們拋棄哲學有多久了？

當通俗文化與娛樂八卦橫掃一切，哲學消失，分崩離析成生活碎片，哲學就是現實與人生，人心魂飛魄散，文學只有文字表框而無內容，我們都變成庸眾，連寫作人也拋掉深刻、理想……，每篇作品看來差不多，這正是文學的晦暗時代。

哲學並未死亡，只是在轉化，正如文學。在一篇篇追憶與懷舊文字中，我們漸漸失去掌握現在與實有的能力。在新鄉土一再被提出時，正表示我們是多麼缺少新意的一代。

歷史歸來，文學奔向過去；哲學甦醒，文學才有真的魂魄。缺乏思考力的作品無法打動人心。沒有哲學的年代，各種靈異與迷信瀰漫，勵志小品充斥，當有一天我們在捷運上不是聽mp3，而是討論存在與定義的問題，也許我們的文學與心靈才會甦醒。

在七八年級作家中，我看到他們的清新與鬥志，文學是少數人玩得起的藝術，只有往更刁鑽挑剔的方向走，但喜感十足的他們知道如何幽默地作戰。

在眾多同質性高的七年級作家中，包子極好辨識，不管他如何會躲，有一天還是會被記住，他高而帥氣，害羞到講話常發抖，異性戀，滿腦子文學與哲學狂熱，文字極神，他會走出一條他自己的路。

這條路許多文學大師走過：杜斯妥也夫斯基、卡夫卡、卡繆、波赫士……，他只讀經典，不上網，手機放在機車箱子裡，每天都重新出發，對得獎、出書一點都不急，以致到三十整歲在許多人催逼下才出書。

雖然不是我夢想中的最佳選集，他的極短篇好看，短篇精巧，中篇深刻，最能代表他的個性的是首篇兼序〈夢中旅行〉，可比修伯里的《夜間飛行》：「就在那一刻，在暴風雨的空隙中，幾顆星星在他頭上發亮了，像是捕魚籠底部致命的餌，可是，他還是向上飛了，因為他如此渴望光明。」：

他在心裡對我說：「你還在等什麼呢？」

窗外一片墨黑，但我知道，世界就隱匿在這片墨黑之下，

正如流浪之心，往往以日常生活之果實的內核的形式存在著。

妳小心地咬一口，再謹慎地咬一口，不願觸及……。

但總有一天……。

但……總有一天……。

我轉過頭，接住小男孩的眼神，對他說：

「我們就要出發了。」

擁有流浪之心的包子，認真地交出他的第一本小說集，然而生命的果實才咬下第一口，有一天他會揭開那片墨黑，我相信，這也算是另一種「牛皮紙袋的約定」。

（本文作者周芬伶著有《花房之歌》（獲中山文藝獎）、《蘭花辭》（獲台灣文學獎散文金典獎）等書。）

I

夢中旅行

「景物無窮的變幻，不斷地告訴我們：我們還未嚐盡一切形象所能包含的幸福、沉思，或悲哀。」

——安德烈．紀德《地糧》

夢中，騎著腳踏車急速滑行過一段險峻的斜坡之後，
夢中，甚至在克制立刻出發的衝動。
夢中，聞到了草根，泥土，汗水的氣味。
我不用開口便知道，他跟我一樣承載了流浪之命運。
只有我和一個非常可愛的小男孩睜大了眼睛醒著，
夢中，在一架飛機的窗邊，眾乘客皆熟睡，
夢中，彷彿感受到風流過體內，發燙的血液急需冷卻。
夢中，反覆出現俯瞰一座極具誘惑力的城市的特寫。
夢中，反覆出現一輛腳踏車的特寫。
夢中，反覆出現天空與飽吸了光線的雲朵的特寫。

城市，荒野，藍而壯闊如嬰啼的天空開展在眼前。

（我與諸神對峙，靜謐，臣服，淚被完全甩出體內的瞬間。）

夢中，我起身離開飛機的座位，到機艙的洗手間，

倒掉一杯滿是髮屑的黑咖啡，回座位時，小男孩望著我，

他的眼睛晶亮如星，長髮柔順地貼著臉龐，

我的座位在他與他父親中間，我努力不吵醒他父親，

他在心裡對我說：「你還在等什麼呢？」

窗外一片墨黑，但我知道，世界就隱匿在這片墨黑之下，

正如流浪之心，往往以日常生活之果實的內核的形式存在著。

妳小心地咬一口，再謹慎地咬一口，不願觸及……。

但總有一天……。

但……總有一天……。

我轉過頭，接住小男孩的眼神，對他說：

「我們就要出發了。」

清醒之後，懼與慾。我迴避了生命熱情且深邃的眼神。

威尼斯的面具嘉年華，綁著華麗頭巾拉小提琴的憂鬱少女。

這是個多麼冷寂的星期天，我立即想起迫在眉睫的美學報告，以及一份需要在星期一交件的翻譯。必須立刻起來，

必須祈靈於菸味，咖啡，熟悉的音樂。

翻出圍巾，漫步到附近的7-eleven。

而曾經，曾經，我轉過頭，接住小男孩的眼神，

對他說：

「我們就要出發了。」

2

敲昏鯨魚

我們躺在草地上，並不舒服的草地，草硬硬的，但是我們躺在上面。

這片草地附近有許多高樓大廈，有些是辦公大樓，有些是公寓。辦公大樓入夜之後裡面只有綁頭巾的小偷出沒而已，紫色的艷麗頭巾。他們偷影印機，也偷水族箱裡最美麗的魚。

公寓的燈光遠遠的，誘惑著我。她躺在我身邊。不知道公寓的燈光是不是也誘惑著她，這我不知道。公寓的燈光駕著古典馬車來到我身邊，對我唱歌，唱家的歌、唱平靜生活的幻想、唱中年的疲倦與自得、唱擔憂、唱重。

我閉上眼睛，突然想到鯨魚的事。於是我對她說鯨魚的事。

「喂，妳知道嗎？我國小三年級的時候，班上來了一個轉學生叫王大頭。」

她張開眼睛，轉向我，她的眼睛很迷濛，好像裡面有三座馬戲團的大帳篷正在焚燒，我很害怕，怕從她眼睛中看見大象的哭泣與小丑著火的笑容。

「你有跟我說過王大頭的事嗎？」

「沒有，」想了想我說：「沒有。」

「那我怎麼可能會知道呢？」她看著我，我也看著她。我將另外一個自己鎖在地窖，地窖在漏水，長期下來，我的心理醫生對我說：「這樣，你的另外一個自己說不定會得風濕喲！」

她說：「王大頭怎麼了？」

「他頭很大。」我在記憶中重塑王大頭的樣子，我是巫師，我是靈媒，我是非洲密教在祈雨時使用的雕花木槌。

「頭很大，然後呢？」她說。

「真的很大。」我強調。

「多大？」她問。她想睡覺了。我可以感覺到她的睡意正伸出長長的觸角，試著攀上月亮的光，到一個很遠的地方去。當她想睡覺時智商只有幼稚園的程度而已。這時候如果在家裡，我會拿彩色筆跟圖畫紙給她，讓她畫畫。她畫美麗的畫，畫動物在飛，畫雨水和花朵，畫我看不懂的，畫並不存在的，畫很可愛的和很恐怖的畫。第二天醒來，她已經忘了畫的事。我將畫收集起來，裝在一個Nike鞋盒裡，外面用塑膠紙袋套著。

「他的頭就像在音樂會的時候突然響起的手機鈴聲那麼大，全部的人都轉過來瞪你，好尷尬。」

「喔，真爛的形容。」她說：「然後呢？」

「因為他頭實在太大了，所以沒有人要跟他做朋友。」

「為什麼頭太大就沒有人要跟他做朋友？」她問。

「我也不知道，」我說：「小孩子的殘酷是那些只懂得歌頌童真的白痴永遠不能理解的東西。」

「所以呢？」她皺起眉頭。或許她心裡在想：「如果我跟王大頭同班，我一定會跟他做朋友吧。」我也這樣相信。

「那你有跟他做朋友嗎？」她問。

「沒有。」我說。

「很像你的作風。」她說。

「我們國小的自然課不是要做生物實驗嗎？」

「嗯。」

「有一次，生物老師拿了一大籃東西放在講桌前，那裡面是一些因為破損所以要被淘汰的實驗器具，老師拿來分送我們。」

「我拿到一個小鐵架，王大頭則拿到邊邊缺角的燒杯。」

「他在燒杯裡裝水，養了一隻從學校水溝裡抓到的魚。」

「那是一隻很不起眼的小魚，黑黑醜醜的，我們都笑王大頭跟那隻魚長得很像。」

「你也有笑嗎？」她問。

「有啊。」我無奈地回答，因為我既從眾又懦弱。她踢了我一腳。

「可是我們慢慢發現那其實是一隻鯨魚。」

「最好是！鯨魚怎麼可能出現在水溝裡？」

「真的！」我腦海中浮現王大頭的鯨魚在燒杯裡噴水柱時造成的騷動。

「鯨魚越長越大，本來養在燒杯，後來養在水桶，後來連水桶都裝不下了，王大頭只好把牠搬回家，養在大浴缸裡。」

「那是一隻很美好的鯨魚，牠會認主人，當王大頭出現時，牠就會唱旋律很美的歌給王大頭聽。」

「那是什麼樣的旋律？」她問。

我哼了一小段給她聽。

聽完之後她沉默了。最後她說：「真悲傷的旋律。」

「總之自從鯨魚搬回王大頭家後，他的人緣就變好了，每個人都搶著要到王大頭家看鯨魚。」

「而且王大頭為了要討好大家，就一直逼鯨魚唱歌，鯨魚為了王大頭，幾乎就不休息也不換氣地唱著歌。」

「牠的歌聲從最初的清澈，變成後來像痰很多的老人那樣沙啞。雖然如此，只要王大頭在，牠就半浮在水面上，搖擺著尾巴，唱歌給大家聽。」

「媽的王大頭。」她說。

「後來呢？」

「後來鯨魚被偷走了，因為鯨魚越來越有名，有天，歹徒在半夜闖入王大頭家，把鯨魚偷走了。」

「你認為鯨魚在唱什麼樣的歌呢？」她問。

「我不知道。」從來沒想過。

「妳覺得呢？」我問她。

「鯨魚一定是在唱：『請你將我靜靜留在身邊，因為我的美好只想讓你知道。』」

「這樣啊。」我說。

「一定是。」她伸懶腰。

「這個故事是掰的吧。」她問。

「當然不是啊。」我坐起來，看著遠方的樹影與燈火：「因為我就是去偷鯨魚的人啊。」

「那鯨魚現在養在哪裡？」

「水塔裡，所以我們從來不喝家裡的水不是嗎？」

「你真的太扯了。」她說：「鯨魚還唱歌嗎？」

「還唱呀！每次我都用木棒把牠敲昏，讓牠以為我是王大頭，牠就開始唱歌。」

「真笨喲！」她也坐起來，從口袋裡拿出菸點燃。

「改天我也要敲。」她說。

「請便。」我聳聳肩。

100
300
400

吸血鬼

關於吸血鬼……。

有一天，室友老鄧對我說：「我昨天夢見你變成吸血鬼耶！」

「喔。」我回答。

「是比較好的那種吸血鬼。」他說。

「什麼叫比較好的那種吸血鬼？」我邊玩著朋友的iPod邊問。

「就是會保護好人的那種。」他回答。

我從來不覺得我是那種會保護好人的人，就算變成吸血鬼也一樣，所以我不理他，繼續下載iTunes。

過了一會兒，他說：「其實我覺得你有可能是吸血鬼。」

「為什麼？」

「因為你總是在晚上才出門，而且你不喜歡開燈，總是把寢室搞得很陰。」

「……。」我不知道該說什麼……我從來沒喝過血，喜歡大蒜，不怕銀和聖經，喜歡有太陽的好天氣。

「我不是！」為了避免造成恐慌我只好這樣回答。

老鄧用懷疑的眼神看著我，他是讀生物系的高材生，對事情懷有追根究柢的科學精神，我不想成為他解剖的對象……。

事情就這樣過了一個月，我們相安無事，常常一起去打羽毛球，一起去看電影，時間像深深的湖那樣平靜。

期中考考完之後我回家，媽媽在廚房裡煮水餃，我在客廳看《櫻桃小丸子》。

媽媽對我說：「小艾，學校還好吧？」

「我必須克制自己殺教授的慾望。」我開玩笑地回答。

媽媽聽完後表情凝重，用抹布把自己濕濕的手擦乾，坐到我旁邊來。

「小艾……其實你是個吸血鬼。」媽說。

電視裡，櫻桃小丸子的爺爺正在創作短詩，真的太好笑了。

「為什麼？」我問。大家都硬要說我是吸血鬼是怎樣。

「因為媽媽和爸爸也是啊。」媽媽說。

「喔。」我回答。如果是這樣的話那我也沒話說。

「你們怎麼都沒跟我說？」我問。

「因為人類喜歡欺負跟自己不一樣的事物呀！」媽媽回答。

這倒是真的，如果全部的同學中只有我是吸血鬼，我一定活不過國小。

「那為什麼我跟人類那麼相似？」我問。

「一開始都很像啊。」媽媽到廚房端來水餃，老實說媽媽煮水餃的功力比我差，因為她總是很心急，從來不用心攪拌。

「一開始很像，可是有些自制力差的吸血鬼，會變得越來越不像人類。」

「什麼意思？」我吃了一顆水餃，好燙好燙……。

「關鍵點在於生氣。」媽媽說。

「吸血鬼一旦過十八歲，就不能隨便發脾氣，因為一發脾氣，就會變得更符合吸血鬼的特徵。」

媽媽整理了一張圖表給我：

第一次生氣：長出虎牙

第二次生氣：討厭聖經

第三次生氣：討厭銀製品
第四次生氣：討厭大蒜
第五次生氣：跳躍力增加
第六次生氣：動態視力增加
第七次生氣：怕陽光
第八次生氣：壽命無限期延長

我看著這張圖表，久久說不出話來……。

「妳不是在開玩笑吧？」我問媽媽。

「當然不是！」媽媽表情很認真。

「那妳跟爸……有生過氣嗎？」

「我從來沒有，你爸只生過一次氣，就是你國中作弊被記大過的時候。」

「喔。」我沉默了……原來我是吸血鬼，而且我註定了一輩子不能生氣。

「幸好小艾你是個脾氣很好的小孩。」媽媽說。

我是嗎？……嗯……。

8
7
6
5

回學校之後，我繼續過著平靜的生活。我開始學習法文，因為想讀沙特的小說。時間永遠不夠，上課之後工作，工作之後寫報告，報告寫完都凌晨兩點了……這樣子我鐵定沒有辦法成為一個又能創作又能做研究的哲學家，更何況我還想談戀愛跟養小孩。

「怎麼辦呢？」我問老鄧。

「就放棄法文吧。」他邊打魔獸邊說。

「可是放棄法文……我人生的意義就少了一半了耶！」

「一半已經不錯了。」他回答。

「……。」

我突然想到媽媽的圖表，只要我發八次脾氣，就能獲得無限期的壽命……。

「幹！」我突然發飆，然後把老鄧的液晶螢幕舉起來，打開窗戶，從八樓扔到一樓去，發出好大的聲響，我生平第一次看到液晶螢幕摔死的樣子……。

老鄧張大嘴巴，不可置信地瞪著我……。

「你……你長出虎牙……。」他說完之後奪門而出。

我拿起桌上沙特的書，一個字一個字，從容不迫地閱讀起來。不急不急，反正有的是時間^^

亞當斯的法國號

我現在只想喝espresso。

我想喝那種只消輕輕一淋就能在三秒鐘之內把犀牛溶化的espresso。可惜最近的咖啡館在離這個營區一百五十公里遠的城鎮，那個城鎮只有一間咖啡店，店裡面掛著一張裸女海報。海報褪色了，分不出來女郎的頭髮是金色還是灰色，她騎在馬上，馬看起來很累，很無奈。在那張海報裡，馬比裸女更像某種人類處境的縮影。如果他們在照相時我也在場（攝影師說：「妳那個頭髮撥一下，不要擋到乳頭！」），或許我會掏出槍來殺了裸女和攝影師，然後騎著馬到一個水草豐美的地方，讓牠停下來休息，讓牠喝水，讓牠喘氣。我會讓牠遇到其他的馬，牠們或許會交配或是幹嘛的，然後生出一堆小馬，各種顏色的小馬，不會褪色。牠們在被夕陽染成金黃色的原野中奔馳，日暮的風吹過我的臉頰，帶著小麥初熟的味道。

不過總之我現在沒辦法到那間咖啡館去，因為我正在服役。

這個營區在非洲大陸邊緣的一個小島上，總面積一二五七平方公里，屬於地中海型氣候，冬天的時候會下一點雨，雨的份量大概跟一包洋芋片差不多。這裡的人口據說有五百人左右，

MINISTRY of
FOREIGN
AFFAIRES
ISLAND

這個資訊是印在國民服外交役須知重點的手冊上，可是這個島怎麼看都不會有五百人，倒立著看沒有五百人，躺著看也沒有，甚至用鬥雞眼看也沒有。我在這個島上只看過三個人。一個是外交官阿薩斯坦柏斯達，他現在正在外面牧羊（羊有三頭，其中只有兩隻會咩咩叫），一個是亞當斯，我不知道亞當斯來這裡幹嘛，一度我懷疑他是阿薩斯坦柏斯達的情人，我第一眼看到他時，他坐在外交部房舍外面的柵欄上吹奏法國號。

另外一個人是我自己。

我會在這小島上待一年半。

等到役期滿，如果我沒有用在南非約翰尼斯堡黑市買來的左輪手槍（附四發子彈）自殺，或是愛上三頭羊中的其中一頭而決定要和牠結婚（結婚進行曲由法國號負責獨奏），我就會搭上一個星期一班的柴油汽艇，回到約堡然後搭長達七小時的地獄巴士到機場，坐上飛機回台灣。

我懷疑我會被分配到這裡服外交役，是因為某種程序上的錯誤或是某種突發奇想的惡作劇。

外交官阿薩斯坦柏斯達，簡稱阿薩斯坦（如果你當著他的面這樣叫他，他會很開心，因為那似乎跟柏林愛樂裡面的某位小提琴手同名）。阿薩斯坦的英文很標準，標準不是很準確的形容，應該說很機器化，就像跟提款機說話似的，或許我只要按下這個人的鼻子，他的嘴巴就會跑出美金紙鈔吧。給人這種感覺的英語。可是事實上，當他用母語說話時（我聽過一次，他當時拿著巨大的黑色話筒，激動地對著另一頭咆哮），那語調是充滿情感的，灼熱的語調，以靈魂為源頭而流洩出來的語言，用那語言朗誦熱水器的使用說明應該也會讓人感動到哭泣的地步。

抵達島上的第一天，我背著可以裝入幼熊的登山背包，從港口徒步走到外交部，裡面沒人，有人在吹奏著莫札特的協奏曲，音樂像火山岩漿一樣冒著濃濃的硫磺味，流經我面前。沿著可怕的音樂往前走，我看到一個滿臉雀斑，削瘦乾枯的男人，如前面所言，他正坐在柵欄上，十分滿意地吹奏著法國號。

「請問您是阿薩斯坦柏斯達先生嗎？」我問。

他不屑地抬起頭看我的臉，似乎很憤怒有人打斷他的演奏，他硬是閉上眼睛吹完兩個小節，在這兩個小節當中我腦海中閃過無數次從背包裡拿出槍把他幹掉的畫面，我不明白是因為他的態度還是音樂，或許都有吧。好不容易兩個小節結束。感覺好漫長。在這兩個小節當中，恐龍滅亡了。在這兩個小節當中，成吉思汗征服了歐洲大陸。

等到兩個小節結束後，男人舉起右手，伸出大拇指，朝後面比了比。左手仍然緊緊抓著法國號。我點點頭：「謝謝。」他沒有理我，繼續對著外交部的白色屋頂吹奏或許會入選為地獄國歌的莫札特。

我朝他大拇指比的方向走去。

阿薩斯坦躺在草地上，眼睛閉著，風溫柔地壓平他的白髮。旁邊有三隻羊，其中兩隻在咩咩叫，另一隻則低著頭，彷彿正在計算困難的數學題目似的，沉默地思索著。「請問您是阿薩斯坦柏斯達先生嗎？」我再度問。他並未張開眼睛。我等了十五分鐘左右，終於等不下去了，我走近他身邊，確定他沒有死掉之後自己走進外交部。

雖然是外交部，其實不過是個農舍改建而成的平房建築，外觀漆成白色的，不知道是保養得好還是氣候的關係，油漆雖然已經上了一段時間卻並未剝落，空氣中隱約有牲畜的味道。一走進屋子，迎面看到的是掛在牆上的國旗，是一片綠色的原野，在原野的左下端漫步著一群羊。看到這樣的國旗，我真的覺得很羨慕，而且打從心裡喜歡上這個人口或許沒有超過五百人的國家。國旗下面擺著一張辦公桌，辦公桌面上有兩個藍色文件夾，一個用可口可樂鋁罐改造而成的筆筒，筆筒裡有筆跟鋁尺。

辦公桌旁邊有一個木頭書架，五層高。第一排放的是普魯斯特的《追憶似水年華》，法文版。我取出第一冊，翻開來，一股宛如古堡裡的幽靈般的氣味迴蕩開來，抓住我的心。紙頁並未沾著灰塵，紙的觸感像是最近不久才有人翻閱過似的，像親近人的狗般傳遞來溫暖的感覺。一張照片乘著室內明亮的光線飛出，掉落在地板上。我撿起來，是吹法國號的男人。照片中的他年紀比剛剛給我的印象來得要輕，頂多十七歲。我推測現在他應該已經有三十歲了。照片中他在一間學校門口，學校的圍牆是磚紅色的，爬著裝模作樣的常春藤。他雙手抱著法國號，像在抱一個嬰兒。他的表情很嚴肅，眉頭深鎖，像在保護著自己懷中的嬰兒，隨時都準備要衝向前去咬人似的。

我把照片夾回書裡。

我坐在窗台上，打開背包，拿出Game Boy玩賽車，練習難度頗高的甩尾過彎。

中午的時候阿薩斯坦出現了。他一副很驚訝我怎麼在這裡出現的表情看著我，嘴巴張得大大的，看著我。他滿臉鬍鬚，鬍鬚是灰色的，他應該有六十歲了吧，看起來還很健康，背挺得直直的，壯闊的胸膛大口大口地分享著世上的空氣。

「阿薩斯坦柏斯達先生，」我辛苦地唸出他的名字：「我是來貴國服役的。」我從背包右側的袋子拿出兩份證明文件給他。他坐回辦公桌，從抽屜裡拿出擦得亮晶晶的眼鏡，仔細地讀著。

「喔喔！」他邊讀邊發出聲音：「這樣說起來上個月我似乎有接到通知。」

我鬆了一口氣，如果大老遠跑到非洲來卻被通知沒這回事，或許我會選擇躲進雪山山脈裡組織游擊隊推翻R. O. C. 政府吧。

「你要在這裡服役一年半呀？」他推推眼鏡，看著我。我手裡拿著Game Boy，希望這不會帶給他不好的印象。

「一年半……很漫長的時光不是？」他問。

我點點頭，或許是吧。

「你認為一年半能發生什麼事呢？」他用英語問我，他的英語像極了用鐵鎚把釘子釘入牆壁那樣一板一眼。

一年半能發生什麼事呢？

一年半或許能讓法蘭茲・舒伯特寫完《未完成交響曲》，如果他願意的話。

一年半太空船可以飛多遠呢？

一年半北大西洋裡某個種類的鯨魚絕種了，屍體沉入連一毫克的光線都沒有的深海裡，並且沒有人因此哭泣。

一年半新的病毒與新的疫苗同時被發現在極端精密的顯微鏡底下。

「誰知道呢？」我回答他：「一年半似乎能發生數不清的事情，但從某個角度來說，又根本什麼事都沒發生。」

他思考了一下我說的話，或是裝出在思考的樣子，然後說：「你知道對中古世紀修道院裡的修士來說，地球是圓的這件事是無法想像的。」

「圓形的世界，沒有終點，如果一直走然後又回到原點，大家不就會乾脆不走了？修士這樣擔心著。」阿薩斯坦說。

「我完全不能理解這有什麼好擔心的。」我回答。

「我也是。」他對我眨眼笑笑。

在我們談話的過程中，由亞當斯所演奏的，彷彿將莫札特用鞭子拷問一番再從法國號黑牢裡釋放出來的奏鳴曲陪伴著我們。

「肚子餓了吧？」阿薩斯坦問。

「確實。」我回答。

他帶領我到房間放下背包，約兩坪大的房間，像電腦鍵盤的其中一格那樣毫無特色的房間，床、書桌、衣櫃，還有窩在牆角，臉色鐵青的古老寂寞。

廚房在屋舍後方，他煮了青豆拌飯：「在這裡都是自己下廚。」我跟在一旁，幫忙拿醬料，洗豆子一類的瑣事。

「外面那位吹法國號的男人……。」我謹慎地問：「是這裡的客人嗎？」

阿薩斯坦黑而圓潤的臉抖動了一下，好像我打開了電風扇，將他大腦裡的稿紙魯莽地吹散一樣。

「可以這麼說，」廚房很悶熱，他以手背拭汗：「他從很小就跟著我，他叫亞當斯。」

「有個很長的故事。」他說：「麻煩你幫我打開底下的櫃子，裡面有白色的大盤子，對，拿三個出來，謝謝。」

我彎下腰，腦子裡好像還黏著音樂，就像牛仔褲上面黏著口香糖。三個白色大盤子。

「很長的故事，一時說不完。」他說。

我，阿薩斯坦，亞當斯。三個人沉默地坐在白色屋舍外面的長廊上，吃著青豆拌飯，飯裡有著某種辛辣的醬料。熱帶的太陽很慷慨，它給了陰影更深邃的表情，給了光明更灼熱的體溫。我吃不到十分鐘，汗水就像有十雙最悲傷的眼睛在我皮膚上同時哭泣似地流下。亞當斯即使在吃飯時，懷裡仍是抱著法國號。法國號的表面光滑燦爛，在陽光下像揚起頭奔跑的青春，在陰影裡則像靜靜舔著自己身體的貓，打理著自己的光芒。

亞當斯看到我在打量他懷中的法國號，狠狠瞪了我一眼。

吃完飯抽完菸，我問阿薩斯坦：「現在我要幹嘛呢？」

阿薩斯坦手裡拿著小型電風扇，半瞇著眼盯著外頭被太陽的馬蹄狠狠踐踏而徹底屈服的草地：「你總得想個法子打發時間，孩子。」

「不用我整理文件什麼的嗎？」我說。

「哪有什麼文件？有的話我也想整理。」阿薩斯坦打了個呵欠。

亞當斯坐在大廳的角落，手裡拿著一塊藍色、乾淨的布，擦拭著像蝸牛一樣滿懷心事的法國號。

「睡午覺？」我坐在窗台上，感覺到睡眠的磨坊正在將我的理智研磨成某種粉末。

「當然可以。」阿薩斯坦打了個大呵欠。

「打電動？」

「隨你。」

「慢跑？」

阿薩斯坦給我一個「你瘋了」的表情：「請便。」

「寫東西？」

「很好。」他聳聳肩。

「喝咖啡？」

「冰箱裡有罐裝咖啡。」阿薩斯坦指著廚房的方向說：「如果想喝黑咖啡得等到星期五。」

「為什麼？」我問。

「那時候才有船，坐船，到海峽對面的卡布拉城。」

結果下午我在房間裡睡覺，或許是因為長途旅行實在太累了，感覺自己就像古老的沉船般熟睡著，各種顏色艷麗的魚在我殘破不堪的軀體裡穿梭。

分不清是夢還是現實的地方，法國號正在唱拉威爾的《死公主的孔雀舞》（*Pavane for a dead princess*），那音樂折磨著我。

晚上，我們煎熱狗來吃，配上清涼的啤酒。

星星近得像就要撞上地面似的，發出燒痛心臟的奇幻光彩。

亞當斯吃完晚飯就抱著一疊厚重的樂譜，坐在長廊上練習，我發現他無論走到哪裡都帶著法國號，或許他和法國號之間有臍帶連接著也說不定。

「這樣也叫當兵嗎？」我問阿薩斯坦。我們坐在簡陋會客室的沙發上，擺在桌上的是五瓶被我們喝乾的比利時啤酒。

「或許每個國家對這方面的見解不同，」紅著臉的他回答：「對我們國家來說，我們想保護的東西很明顯是軍隊保護不了的。」

「是什麼呢？」我問。

「很難說。」阿薩斯坦深呼吸，從燙得筆挺的白色襯衫口袋拿出一包菸。

「那是像某種時光的質感。」他點菸：「類似在下過雨的林間散步，呼吸著清新的潮濕空氣，漂浮在腦中的每個想法都跟自己很親密，既沒有被迫分離，也沒有被迫結合。」

「真是完全搞不懂。」我說。

「有時候過度浪漫的夢，會因為過度而反而實現。沒有搖擺不定的幸福，得瞄準對手的左眼窩狠狠出拳才行。」他說。

煙霧繚繞，熱帶的夜晚涼涼的風在木屋裡脫掉鞋子跑動，抓住我們體溫的躁動衝出房子，將緊縮在殼裡的什麼釋放到無限遼闊的星空。

星期五，有船的日子，我跟阿薩斯坦坐上就算下一秒就解體也絕對不奇怪的柴油汽艇，到對岸大陸。一靠岸我們就鑽進黑紅色相間的計程車，直奔咖啡店。

咖啡店，咖啡店長什麼樣子不重要，重點是我終於喝到espresso，我以前是每天不喝三杯espresso就沒辦法從夢裡復活的人，這樣講或許有些軟弱，可惜我從小就立誓絕對不要當堅強的人。

煮咖啡的是一個微胖的中年婦人，臉垮垮的，猛然一看長得有點像《中央車站》的女主角，只是馬蓮娜沒戴眼鏡，而且皮膚比較黑。

「你要喝什麼？年輕人。」

「Espresso, double, please.」我飢渴地回答。

「你？」她看著阿薩斯坦。

「跟那孩子一樣。」阿薩斯坦隨手拿起放在吧台上的報紙翻了起來。

音樂是我從來沒有聽過的打擊樂器專輯，那聲音可能是定音鼓也可能是用蒙古人的皮精心製作而成的戰鼓，我聽不出來，只覺得那音樂就像要將土壤翻起似的充滿爆裂與新生的衝動，透過重低音喇叭邁步而出，抓住我的肋骨猛壓。

馬蓮娜遞給我滿滿一杯espresso，還有一份炸薯條。

「喂！為什麼我沒有炸薯條呢？」阿薩斯坦抗議。

「等你滿二十歲的時候我就炸給你。」馬蓮娜冷冷地說。

阿薩斯坦聳聳肩，從我這邊拿炸薯條吃。

咖啡像火藥一樣在我的腦袋裡引爆，我想我只要再喝一杯，我的額頭跟後腦杓中間大概就會出現一條隧道吧。

「亞當斯好嗎？」馬蓮娜問。

「老樣子。」阿薩斯坦翻著報紙回答：「現在正在練習《降E大調第三號法國號協奏曲》，可憐的莫札特，哈哈。」

最後那兩個笑聲不知道是來自報紙上的內容還是阿薩斯坦自以為是的幽默感。

「這孩子知道亞當斯的故事嗎？」馬蓮娜看著我。

「他知道什麼？他也只是個孩子啊！」阿薩斯坦將咖啡一口喝乾，臉上露出無比幸福的表情。

「這倒是。」馬蓮娜將杯子收走，又開始磨豆子，幾分鐘之後新的一杯濃縮咖啡又擺在阿薩斯坦桌前。

「你是來這裡旅行嗎？」馬蓮娜問。

我搖搖頭。

「他來這裡當兵。」阿薩斯坦回答。

「當兵？」馬蓮娜搖搖頭，然後她和阿薩斯坦同時笑了。

如果辛辛苦苦從東南亞的一個小島國跑到非洲大陸服外交替代役的人不是我的話那我也很

想笑。

「戰爭的時候你一定要保護我喔。」馬蓮娜撒嬌地說。

「……。」我也將咖啡一口喝乾。

回程的船上，我問阿薩斯坦：「亞當斯到底有什麼故事呢？」

他嘆了口氣，鹹鹹的海風拍打著他寬大的襯衫衣襬。

他說：「亞當斯五歲的時候我三十四歲，在英國伯明罕的律師事務所工作，我當時不負責出庭，只負責一些文書還有蒐集資料的工作。」

「喔。」我說。柴油的味道一股腦湧入我的鼻子，小船搖擺的韻律讓我想吐。

「亞當斯的家在我工作的律師事務所附近的一條街上，他爸爸是個雜貨店老闆，在那個年代，雜貨店幾乎是已經快要消聲匿跡的行業。因為由大企業經營的賣場正一點一點地蠶食鯨吞著市場，這是有鼻子的人都聞得出來的趨勢。」

「可是亞當斯的父親卻聞不出來，因為他大半的時間裡，都把鼻子埋在酒杯裡面……各種酒杯。無論是啤酒杯也好、威士忌杯也好、雞尾酒杯也好、紅酒杯也好……」

阿薩斯坦的酒杯還沒列舉完，船就靠岸了。

「到了耶。」我打斷他。

「反正他父親大概只吸得進去酒精含量百分比超過百分之十的空氣……到了喔，真快喔。」他猛然從悠遠的記憶中驚醒過來。

「我要去牧羊了。」阿薩斯坦說。

「我要去打電動了。」我說。

「奉勸你不要一直玩那種浪費生命的東西。」他說。

「我倒是覺得還好。」我回答。

就這樣，故事中斷在浪潮平靜的海邊。而我也不想再問。人造衛星日復一日繞著地球旋轉，在它們旋轉而同時傳輸資訊回到地球的同時，我的日子也被某種電波拋擲到沒有重力可言的虛空中，伴隨著外星人的碎片與太空船的殘骸，跳一支舞。

就這樣半年過去，我幾乎不曾想起家。我跟亞當斯幾乎不曾交談，但是我卻慢慢喜愛上他吹奏的音樂，我漸漸可以感覺到他吹奏的音樂之中，細緻地埋藏著些什麼，那是一種畏懼光，害羞的情感，對世界無害，隨著圓潤深沉的響音與周遭的單調風景共鳴，我甚至覺得是他的存在豐富了這個一眼望去只有一間白房子，一個老人與三隻羊的寂寞島嶼。

我跟阿薩斯坦每到星期四夜晚就異常興奮，因為星期五是有船的日子。

我是為了espresso，至於阿薩斯坦是為了什麼我就不清楚了。

所有的電動卡帶都玩膩了之後，我拜託阿薩斯坦教我法文。

他說：「得等到我牧羊的空檔才行。」

「當然。」我回答。

上個星期五，同樣在回程的船上，阿薩斯坦問我：「你還想聽亞當斯的故事嗎？」

我腦海中浮現每日越過我的窗，窩進我耳朵裡棲息的貝多芬、舒曼或布拉姆斯，他的音樂裡有種正在掙扎著要探出頭來的溫柔，就像種籽聆聽著土地。

「不了。」我回答。

「總覺得這樣是不對的。」看著海我說。

阿薩斯坦黝黑的大手放在我肩上。「歡迎來到我們國家。」他抬起頭。遠遠地，國旗在白色屋頂上飄揚，那是一片綠色的原野，在原野的左下端漫步著一群羊。

鱷魚

我不常遇見鱷魚，因為鱷魚總是讓我傷心，在我還很小的時候是喜歡傷心的，那時候連聽蕭邦都會傷心，真是不可思議的歲月。現在的我越來越討厭傷心了，怎麼說呢？你不覺得傷心就像濕掉的襪子嗎？除了會故意去踩水窪的小孩子，是沒有人喜歡濕掉的襪子的。

於是我跟鱷魚疏遠了，我不是故意的，但是我有很多很多事情必須要去做，我要付貸款，要跟朋友交際，我要寫東西，我要熬夜上班，一方面還要去夜校唸書。

如果說是一般朋友或許我不會那麼在意鱷魚，誰都會遺忘，不是嗎？包括愛，也包括跟核彈一樣猛烈的恨。可是我不論怎樣就是忘不了鱷魚，就跟用橡皮擦擦不掉胎記一樣。

因為鱷魚是我的師父。

師父不一定是男生，事實上鱷魚不男不女，誰也搞不清楚鱷魚的性別，但是沒有關係，因為我們都以各自的姿態愛著他，他也以獨特的方式守護著我們……。

師父就是這樣的，當你成為一個人的師父，那就是一個承諾，你不只要傳授你的徒弟技藝，事實上，你要比徒弟努力一百萬倍，因為你必須成為徒弟可以愛一輩子的對象。這有點像結婚，但是比婚姻嚴格。

鱷魚是個好師父嗎？

鱷魚很可怕，他不會打我們，但是他讓我們心虛。

今天我遇見鱷魚，那時候我正騎著車，準備到咖啡店寫東西，寫一個笑死人的文案，每次當我看到自己寫的文案都會臉紅，那真是太爛了，可是有什麼辦法呢？爛文字可以換新台幣，海明威卻差一點餓死。

等紅綠燈的時候，我感覺有人拍我的肩膀。

我嚇一跳，回過頭，才發現鱷魚坐在後座，正以責備的眼光看著我。

「師……師父……你怎麼突然出現？」

「少囉唆，快騎車。」他說。

「師父近來可好？」我問，聲音有點發抖，鱷魚的皮膚好冰。

師父張開嘴巴咬我的肩膀，好痛好痛，鱷魚的牙齒好利。

到咖啡店之後鱷魚點了一杯肯亞，我點了巴西，照例是我付錢，鱷魚很窮，因為他都把當大學教授賺來的錢拿去照顧其他的小鱷魚。

「你本來要來這裡幹嘛？」鱷魚問我。

「寫東西。」我小心地回答。

鱷魚眼睛一亮，他最喜歡別人寫東西了，他自己就是個整天都在寫東西的怪胎。

「寫什麼？新小說嗎？」他問，很大聲地抽動一下鼻子。

「不是，是一家漢堡店的文案。」我說。

「文案？」

「嗯。」

「唸給我聽。」鱷魚說。

「不要。」

鱷魚做出要咬我的樣子，我很害怕，只好把稿紙拿出來，唸一部分給他聽：「我們選牛肉比NASA選太空人用心。」

他聽過之後沉默不語，一滴小小的眼淚在他的眼眶周圍徘徊。

「所以你現在都在寫這個？」他問。

「嗯。」

「你還寫小說嗎？」

「早不了。」我說。

「也不讀哲學家的書了？」

「嗯。」

「為什麼？」他喝著咖啡，大大的眼睛望著我。

「我什麼都不想尋找了，師父，我累了。」

「我什麼都不想保護了，師父，我累了。」

「我什麼問題都不想問了，師父，我累了。」

鱷魚加了三匙糖到自己的咖啡裡，只有在他心情很差的時候才會這樣做。

「那你現在想做什麼呢？」他問。

我想了一下說：「我想過簡單的生活，簡簡單單的，每天下班後，跟老婆到百貨公司的地下街買麵包，回家看電影，聽聽音樂，想養一隻貓。」

「我的心無法再承受太激烈的情感了。」我說。

他點點頭，說：「沒關係的。」語氣很輕，很溫柔，很不像他。我突然覺得很傷心，很想哭，但是我的眼淚在上個月家中遭小偷時全部被偷光了。

他跟我聊起了一部電影，是岩井俊二的《燕尾蝶》。裡面有一幕，是A男給了B男一把槍。B男覺得很困惑，他是個很浪漫的夢想家，根本就討厭槍這種東西。A男看出了B男的困惑，於是冷冷地說：「這是為了保護夢。」

鱷魚說：「最柔軟的東西，需要最冷硬的東西來保護。」

「所以我才要長出硬硬的殼呀！」他敲敲自己的皮。

「嗯。」我說。好感動。

「我也想要過你說的那種生活，好想好想。」鱷魚的眼珠是淺藍色的，好像他永遠望著海洋。

「但是我想一輩子為了保護別人的夢而努力。」他說。

他將咖啡一口喝完，用大大的手摸摸我的頭，然後離開咖啡店。離開前，他說：「你一定可以過簡單的生活的！」

他走之後，我盯著文案的稿子發呆，覺得好累，好像剛爬完玉山又被拖去海邊玩衝浪板。隔壁桌有個看起來像大學生的女孩正在讀一本邱妙津的書，那本書我看過，裡面有一句這樣子的話：

「……只要我還活著並且有能力，關於人類的恐懼，我願意不斷地說。」

CHAT
NOIR

Borders

我和她坐在馬戲團旁邊的咖啡店。

我看著馬戲團紅白相間的帳篷發呆，她正在撕一張棒棒糖的包裝紙。

我們住在這個城鎮已經一個月了，走在街上，平均每十個人裡面會有一個人跟我們打招呼，大部分是跟她，她太顯眼了，金色的頭髮，像天使一樣純真無邪的臉孔，還有連伊拉克沙漠裡的裝甲車都能融化的笑容。這樣並不安全。尤其對我來說。

「今天就得離開。」我喝了一口濃縮咖啡，不看她的眼睛。

她很乖巧地沒問為什麼。

「可是還沒有去看馬戲團。」她的聲音聽起來很委屈，但是我知道她沒有哭。

我從口袋裡拿出票。然後也不去看她眼中的光亮。

馬戲團的座位很少，舞台只比可口可樂的瓶蓋大一點而已。

穿紫色緊身衣的小丑站立在皮球上，從口紅塗得很不均勻的嘴裡吐出藍色火焰。她不怎麼熱情地看著藍色火焰，她不愛看人，她只喜歡動物。

大象出現的時候她抓緊我的手臂，我知道她在強忍住悲傷，但是我不安慰她，我只是很想抽菸。她不行抽菸，因為她才五歲，抽菸只會讓她更搶眼。大象正將巨大的前腳放在小丑的胸口。大象的眼睛裡像囚禁著音樂作曲家的靈魂，作曲家在寫著什麼樣的曲子？我開始想像，不想像的話我會開始祈禱牠把他踩扁。

既不是舒伯特也不是貝多芬，也不是蕭邦。如果讓我抽口菸或許就能想起來。

結束之後她問我：「大象不表演的時候都在做什麼呢？」我們手牽著手，踏著秋天的金黃落葉步行回公寓。

我愛這條街道，愛跟她走在這條街道，尤其黃昏的時候，天空藍得像古代的波斯，像帝國的輝煌，像聽不完的故事也像香料。黃昏，附近大學音樂系的學生在自己的簡陋租屋中彈生澀的鋼琴給晚風聽，連鋼琴的聲音都被染成微藍。我們懷中抱著晚餐的材料，我的大衣口袋裡塞著小瓶裝的威士忌，她的大衣裡裝滿小販給她的糖果和玩具。

天很快就黑了，讓人措手不及。

「大象不表演的時候都在做什麼呢？」她又問。

「大象不表演的時候都在作曲。」我終於說。

「大象又不會樂器。」她說。非常實際的反駁，我沉默地想了一會兒。

「大象有像長笛一樣的鼻子，有像風琴一樣的耳朵，有像鼓一樣的腳。」

「那大象作什麼樣的曲子？」她抬起頭看我，她眼中豢養的精靈跳進我眼中，在裡面翻箱倒櫃地找出幾枚沾滿灰塵的古老眼淚。將精靈擊潰後我說：「我們休息一下吧。」她點點頭。

我坐在公園旁邊的白色長椅上，抽菸，想大象作什麼樣的曲子。我老了，晚秋的風刻深我的皺紋，但是她還很年輕，她坐在一堆落葉上，將落葉輕輕捧起，然後輕輕放下。在她將落葉輕輕放下的那一瞬間，我突然覺得她似乎也將我過往人生中所背負的重罪一併赦免。多麼愚蠢的錯覺。

「走吧。」我對她說。她將小小的手在格子裙上拍了拍，又牽住我。

「我想起大象都作什麼曲子了。」

她沒有說話，但我知道她的耳朵正悄悄拉長，像圍巾一樣圈住我的脖子。

「大象都在作著關於家鄉的歌。比如說森林裡的雨水打在樹葉上的聲音，比如說春天的透明的風吹過草原，小草的種籽一起起飛的聲音。大象拼了命作這些曲子給其他動物聽，給猴子聽，也給熊聽。」

「大象記得家鄉嗎？」她問。我們到家了。這是在這棟公寓的最後一天，之後也沒有機會再回來，我肯定。

我幫她脫掉大衣，把口袋裡的糖果和玩具拿出來放在餐桌上。她脫掉鞋子，跑到陽台，對著隔壁人家的小貓喵喵叫。小貓叫奇奇，是隻灰色的美國短毛貓。每天她回家後一定會去跟奇奇打招呼。

我有幾次為了無法讓她在一個地方長久居留而感到罪惡，然而我不允許自己。該讓我有罪惡的是另外一些事，是槍聲，是血和無法逆轉的傷口。大部分是陌生人的血。為什麼我要讓他們流血呢？

晚餐我們吃墨魚麵，我默默喝著紅酒，她默默喝著葡萄果汁，背景音樂是波里尼彈的夜曲。「還要吃布丁。」吃完麵後她說。我點點頭，起身從冰箱裡拿出布丁給她。牛奶口味的布丁，好甜，簡直像用初吻混合法國香頌製作而成的布丁，我完全無法接受，她卻很喜歡。她坐在對面，腳弓著，不太順暢地用銀色小調羹一口一口挖布丁吃，像盡責的鏟雪人那樣眉頭稍微皺著，只差沒說出：「聖誕節前非要讓村子通往外面的路恢復不可。」

好安靜，酒的質感細心地熨燙我的靈魂，冒出陣陣白色蒸氣。在水氣瀰漫的霧中，我聽見敲門的聲音。敲門。扣扣扣。分不清是現實還是其他什麼。

「爹地，」她跳下餐桌，手握住我抓住酒杯的右手：「有人敲門。」

我立刻清醒過來，對她說：「進房間！」她跑走，我撬開客廳的木頭地板，從裡面拿出槍。將槍藏進腰際之後我把門拉開一道小縫：「誰？」我問，盡量不要讓聲音流露出太多警覺。是個捲髮，雙眼皮，臉部輪廓很深的年輕人。頂多二十來歲。手裡提著一個糕點紙盒，方形紙盒，上面印著我沒有聽過的烘焙坊的字樣。我將槍抵住他的腹部。

我說：「你們來了多少人？」

「你逃不了的。被包圍。這附近。背叛者的命運就像在風中擦亮的火柴。」

他露出冷笑，除此之外沒有任何恐懼的表情。

「多嘴。爛比喻。」開槍之後我把他拖回客廳。

她看著屍體。

「唉。」她說。

「唉。」我說。

前往邊界的路上，計程車裡，我和她坐在後座。司機隨著布拉姆斯《匈牙利舞曲》的旋律吹著口哨，非常準確而且音色飽滿的口哨，在我印象中從來沒有聽過這麼美好的口哨，像流星雨一樣迅速地將地球和宇宙縫在一起。我轉過頭，透過車的後窗注視著夜的流光，城鎮越來越遠，所有曾經包圍過我的溫暖彷彿都在這段旅程中離我遠去，好冷，可是我除了繼續抵抗那冷，並且握住她的手繼續替她保暖外，沒有辦法以其他的形式活著或死去。

「謝謝你今天帶我去馬戲團。」她說。

「嗯。」我點點頭。

「可是你還沒有說大象為什麼要作曲子給其他動物聽？」她的嘴巴裡有草莓薄荷棒棒糖的味道。

「喔。」在暗中，我感覺她小小身軀散發出來的微熱。在暗中，我的想像穿越這段漫長的邊境長路，來到草原，來到森林。

「大象怕其他動物忘記。」我說：「還有沒有?給我一根。」

她從口袋裡掏出棒棒糖，撕開包裝紙，遞給我。光撕開包裝紙這個小動作，或許就足以讓我疼愛她一輩子。

棒棒糖是我最討厭的香蕉口味。運氣真壞。

「忘記什麼呢？」她問。

「忘記牠們自由的時光。」想了想我回答。

「大象怕其他動物們忘記自己曾經是自由的，怕牠們忘記森林或草原中所有可能的辛苦或憂傷，幸福與快樂。」

「大象怕有一天，動物們回到大自然，會因為不熟悉或者害怕失去安穩的生活而重新回到馬戲團，把自己關起來。」

「會這樣嗎？」她問。她看著我。她的額頭上有點點星光般的汗滴。

KEEP TO
THE
RIGHT SIDE

「會呀。」我拿出手帕，替她把汗擦乾，她呵呵地笑。

「因為自由並不美好。有可能被殺，或餓肚子。」我想像著大象用鼻子吹奏出悠遠低鳴的哀傷旋律，提醒著動物們親人的死，猛獸咬囓過後的血跡滴在草地上。我想像大象用腳踩踏土地，模擬逃難時的奔跑，不能回頭的緊迫，因為一回頭或許獅子的血盆大口就撲過來。我想像大象用風琴般的大耳演奏天剛亮時草原的藍光與薄霧的輕盈，動物們緩緩從夢中醒來。

她思考著。嘴巴依然嘖嘖地吸著棒棒糖。我不知道她在思考什麼。我離五歲的距離比阿根廷到海王星的距離還要遠。

「可是我還是希望牠們可以離開馬戲團。」她說。

我保持沉默。

「邊界到了。」司機轉過頭來。我給了他比原本金額多出一倍的錢。

「如果有人向你問起是否載過一個中年男人跟小女孩到邊界來，請務必說沒有。」我對司機說。他眨了眨眼，我們下車，他揚長而去。

外面的氣溫更低，我將她緊緊摟在懷中。我們同時深呼吸一口外面的新鮮空氣，冰冷的夜風充滿我們的肺，那使我們清醒，讓我們精神抖擻。

而邊界就在眼前。

玻璃瓶的故事

大學延畢的時候我和一個女人跑到海邊住了半年，為此還差一點就被退學了。她是一個小說家，腦袋很不正常，她約我一起去海邊住，我想想反正大學也沒事，就跟她去了。她帶了兩個大包包，裡面裝滿了泡麵跟零食，我則帶了兩張Pink Floyd的唱片，不過到那邊才發現根本沒有音響這種東西。那是一間大到不可思議的木造平房，破破爛爛的，充滿一種聞了會讓人很悲傷的氣味，聽說之前是養象場。

每天我們躺在木頭走廊上聽海浪的聲音，晚上我繼續躺在那裡聽，她則躲進屋子裡寫東西，她都寫些什麼呢？她都寫小東西，比如說牙刷。她有一篇小說寫牙刷是這樣開頭的：

「有一天晚上我要刷牙才發現牙刷不見了，我跟弟弟借來橡皮擦，發現很難用，弟弟說：『或許要插上竹筷子吧。』我聽弟弟的話，將橡皮擦插上竹筷子，還是很難用……」

這種東西到底有誰會看呢？我完全嗤之以鼻。

她很滿意我這種態度。

「全世界或許只有你看得懂我的小說吧。」她這樣講。

「屁啦！」我回答：「妳寫的東西難看死了，我完全看不懂。」

每當我這樣說她就ㄎㄎ笑，像一隻發癲的貓。

我的任務是每天提供她一樣小東西讓她寫。如果我說：「肥皂。」她就寫肥皂。我說：「洋芋片的包裝紙袋。」她就寫包裝紙袋。

她的小說在法國賣得很好，我因此覺得法國人都是白痴，難道不是嗎？

終於有一天我們把身邊所有的小東西都講完了，我們躺在壁爐旁邊，什麼小東西都想不到。

「蜘蛛呢？」我問。

「寫過了。」她看起來好沮喪。

「鞋帶？」

「寫過了啦，還寫了兩篇，一篇是你的，一篇是我的。」她的眼眶紅紅的，快要哭了。

「那只好先不要寫呀！」我說：「反正妳的工作對世界一點意義都沒有。」

「我才不是為了什麼意義才寫的，我有那麼膚淺嗎？」她將手伸進壁爐裡，拿出一塊燒紅的木炭朝我丟過來，我及時閃過，她的手卻因此而受傷了。

在滿天都是星星的森林裡，我幫她包紮傷口。

「傷口有寫過嗎？」我問。

她眼睛一亮。

於是接下來這幾天，她寫了傷口、繃帶、紅藥水、雙氧水、痂，快要好的傷口與已經好了的傷口。

傷口完全好了之後她又開始傷腦筋。

「怎麼辦啦？」

她靠在我肩膀上撒嬌，我完全不為所動，思考小說題目可不是我的責任。

第二天她陷入憂鬱，不吃不睡，只是張開眼睛，動也不動地望著天花板，我替她煮的維力麵她連碰都沒碰。清涼的海風撩起半透明的白色窗簾，我望著落日，覺得死亡好靠近，問題是我一點也不怕，因為一點也不怕所以無能為力。

第三天她終於站起來了，她到房間中央的大沙發上坐下來，說：「你要當我的心理醫生。」

「心理醫生？」

「嗯。」她點點頭：「你要幫我治療，不然我真的會死掉喔。」

「好吧。」無可奈何之下我只好答應。

「可是我不知道我要幹嘛耶。」我說。

「你只要拿著錄音筆聽我說話就好了。」她說。

「這麼簡單？」

「對啊，電影不是都這樣演嗎？」她回答。

「有嗎？哪幾部？」

「我忘了。」

我將錄音筆拿在手上，她窩在沙發裡，我們沉默著。

「你要問我問題呀。」她好心提示我，她雖然腦袋不正常，但是卻很善良。

「喔。」我點點頭。

「那……妳現在感覺怎樣？」我問。真是笨問題。

她想了好久，想了好久，我眼皮要闔上了。在我完全睡著之前她終於開口說話了，我按下錄音筆的開關之後陷入沉睡。

醒來之後她已經不見了，我到處找，森林裡沒有，沿著海岸線來來回回跑了三遍，什麼也沒有。地下室也沒有，屋頂也沒有。

錄音筆裡面錄了她講的一個故事，也是關於小東西的，是一個玻璃瓶的故事。

「從前從前，有一只玻璃瓶跑到了沙漠裡，那裡的原始居民看到玻璃瓶都覺得很稀奇，他們用它來裝水，祭祀的時候用它來裝敵人的鮮血，抓到野牛的時候用它來裝牛奶。他們把玻璃瓶當作寶貝那樣珍惜保護著。有天，一群西方人帶著獵槍來到部落，他們看到部落居民拼死地保護玻璃瓶，就認為玻璃瓶一定是用很珍貴的寶石做的，他們殺光所有居民之後搶走玻璃瓶，發現那只是不值錢的玻璃瓶，於是就把玻璃瓶敲碎了。」

我聽完這個故事之後什麼感想都沒有，把所有泡麵跟零食吃完後就回到大學去，從此再也沒聽過她的消息。

最悲傷的一天

四十九歲的時候，我搬到英國北方的一個小城鎮，遠離出生的國家，在那邊住了一年。其實不算是一年，我是在二〇〇二年的十一月搬到Mary's House的，在二〇〇三年十月，天空最藍的時候離開。Mary是個熱衷於泰拳的老太太（Mary熱衷的事物一直在變換，當時剛好輪到泰拳），我去的那年，她七十八歲。

Mary有兩個兒子，一個女兒。大兒子在韓國三星企業駐馬來西亞的分公司擔任經理，小兒子據說是英國很有名的老牌演員。Mary指給我看掛在公寓客廳的一張黑白照片，驕傲地說那就是他，照片中他很年輕，穿著筆挺的馬裝，背景是坡度和緩的草原，兩隻綿羊在草原上交談，他正對著鏡頭露出靦腆的微笑。

「妳的男孩很可愛！」我記得我對她說。

她很開心。我們在Mary's House斜對面的喬叟咖啡館享用下午茶。

她說：「大兒子從小就聰明過人，小兒子則是鬼點子用不完，耳朵又尖，就像住在森林裡的精靈。」

她很少提起女兒的事。

當時Mary's House四層樓都住滿房客。

「閣樓您行嗎?」她問。

「沒問題的。」我回答。我從小就一直夢想著住閣樓。

「房客都來自不同的國家。」Mary說。

她從六十歲開始經營這家專門給外國人長期住宿的公寓,經歷過許多意想不到的困難,也有各種像切生洋蔥一樣辛辣得讓人睜不開眼睛,眼淚汩汩流下的樂趣與感動。

她說:「有時候我既厭倦了用英語講話,也討厭聽到英語。」

「我只有在聽英語的時候才會耳背。」Mary輕輕啜飲著手中的金盞花茶,笑著說。

閣樓的空間很寬敞,推開漆成白色的木窗,陽光伴隨著植物的細膩氣味照進室內,像邀舞那樣優雅地鞠躬,牽起影子的手,在粉蠟筆塗抹出來的暮色裡輕盈地旋轉。既看得到遠處的河,也看得到在河邊慢跑的年輕人。也看得到小尖頂教堂傳出的鐘聲拍打著透光的翅膀,成群熱鬧地降落在磚紅色屋瓦的屋頂上。

我的行李是將近三百片古典音樂CD,由FedEx運過來,一個抱枕、一個醫藥箱(裡面有心臟病的藥，拜託認識的醫生開給我一年份）、一個塞滿衣服的行李箱、一台筆記型電腦、一本厚達三百頁的空白筆記本。筆記本已經寫了一半，密密麻麻的，是童話和戲劇的草稿。

每天，我過著靜靜的生活。

早上在喬叟咖啡館吃淋上楓糖或蜂蜜的鬆餅（半份），配煎豬排或培根（也是半份）。喝咖啡店服務生Mr. Wallace 推薦的低咖啡因咖啡（他知道我心臟不好。不過如果我喝完一整杯還是會嚴重地心悸，只能喝三分之一杯左右）。吃完早餐去散步，沿著爬滿青苔和烏雲的小孩的巷弄朝北走，經過市集，跟水果攤的Oscar買一顆蘋果或三、四顆分裝成一袋的奇異果，然後轉向西邊，經過教堂和鋪著鵝卵石步道的小廣場，向花店的Amy微笑（如果她沒在忙的話），再穿過兩個街口，就到了河邊。

坐在長椅上，往前看可以看到浸泡著半裸的白雲的河流，河水安靜地向前流動。

河的另一邊是這個小城鎮的西半部。轉過頭，可以遠遠看到Mary's House屋頂的粗略形狀，沐浴在飄著像芭蕾舞一樣讓人覺得好年輕的霧的晨光中，可惜我視力不好，看不到自己閣樓的窗，不能跟心愛的房間揮手打招呼。

我坐在長椅上一個小時至一個半小時，從麻布購物袋中拿出厚厚的筆記本，寫一些靈感，順便拜訪一些還沒有完成的故事。還沒有完成的故事是很兇悍的，它們長著尖尖的利牙，眼睛就跟鬧血荒時的吸血鬼一樣飢渴。

我跟它們的對話大概就像這樣：

「還好嗎今天？」我問。

「託你的福，一點都不好！」還沒完成的故事躺在床上，對我大聲咆哮。

我摸摸它的額頭：「有點發燒呢，有沒有多喝水？我去幫你削蘋果。」

「不用你關心，滾開啦！」它拿起擺在床邊的花瓶朝我丟過來。

也有幾次是我走進還沒完成的故事的房間，發現床鋪空空的，枕頭上擺了一張紙條，寫著：「謝謝你多年來的照顧，現在我要走了，去找一個比你更厲害的主人。」

年輕的我有時候會因此而哭泣，不過現在我已經四十九歲了，已經經歷過或許不算多，但應該也有達到平均值的別離，或多或少已經習慣了（希望這樣說不會有點悲哀）。

一個小時或一個半小時之後，我累了，脖子也痠到不能再忍受（因為一直低著頭寫東西），就將筆記本重新塞回麻布袋（麻布袋上畫了一個小貓的圖案，是我在倫敦的Spitalfields Market跟一個有虎牙的韓國女生買的），慢慢地沿著來的路回家。

回到閣樓，我開始聽音樂，用Panasonic的CD隨身聽，插上跟Mary借來的變壓器，躺在床上聽韋瓦第或李斯特（沒有人會在大白天的時候聽蕭邦，除非是臥軌的時候等火車等到太無聊），聽著聽著，不小心就睡著了。

一睡就睡到下午兩點，然後吃一些早上買的水果，開始在筆記型電腦上寫東西，邊寫邊繼續聽韋瓦第。

一寫就寫到晚上，中間除了日落時分我會靠在窗邊休息三十分鐘左右，吹吹風，聽聽街上傳來的人們的聲音，之後就一直埋頭敲鍵盤，就像冬天的前一天才突然想起忘記儲存食物的松鼠那樣忙碌著。

晚上還是在喬叟咖啡館吃晚餐，喝當地的啤酒，聽Mr. Wallace 鄭重推薦的Dexter Gordon的爵士唱片。每換一首曲子，Mr. Wallace 就跑到我身邊，大大的手放到我肩膀上，說：「不覺得很了不起嗎？」

「嗯。」我附和地點點頭。

每個晚上總要重複好幾次。

從咖啡店離開後，我到四樓的公用浴室洗澡，洗完澡後覺得自己就像包裹在岩石裡的玉那樣充滿溫柔的心情。吹吹風，記記筆記，眺望著河的另一邊，小城鎮的每戶人家屋內的燈火（那燈火有時讓我感到非常劇烈的孤獨），然後就鑽進像貓熊的肚皮一樣蓬鬆的被窩中睡覺。

生活大致上就是這樣：輪廓、大綱、主軸、草圖，隨便你怎麼稱呼，會變的只有一些小細節，比方說早上的水果改買草莓，而不買平常都會買的蘋果。比方說今天我停下腳步跟Amy買了一朵向日葵（這時候，她總會用很急很快的英語跟我說：「一定有什麼特別的事對嗎？」然後我會回應她一個神秘的微笑），比如說晚上Mr. Wallace 改向我推薦Thelonious Monk（不過「你不覺得很了不起嗎？」則是一定會問的）。

生活大致上就是這樣，像用蘆葦的莖編織成的高塔般的平靜，讓人覺得「隨便來一陣風就會垮掉吧！」的平靜，這麼看似危險的平靜就這樣一直平靜地矗立著，真是奇蹟。終於有一天，起風了，那時候是雨季正要結束的四月末尾。

那天，我跟往常一樣，頭靠在枕頭上（枕頭因為剛曬過，有淡淡的陽光的香味），舒服地聆聽著由維也納交響樂團獻給這個世界的美好演奏版本，是貝多芬的《第三號鋼琴協奏曲》。我在筆記本上修改一個關於城堡的故事，故事裡面有大貓咪和穿Edwin 503系列牛仔褲的老伯伯，還有喜歡吃水果棒棒糖的十三歲女生，她是城堡的主人……這個故事我從二十歲開始寫，已經寫了快三十年了，我已經養成每天跟故事裡的人物說話的習慣。

我才聽到第一樂章的中間部分，就開始陷入想睡覺的恍惚狀態，眼皮越來越重，紙頁上的字跡越來越模糊……（這不是貝多芬的錯。事實上，這個作品第一樂章裡傳遞出的無可救藥的樂觀，絕對值得一直聽一直聽，聽到每個樂句都滲入血液中為止），於是我將耳機取下，按下隨身聽的stop鍵，放鬆地閉上眼睛，等待輕輕吹過臉龐的微風將我帶進夢裡。

正當我走到夢跟現實的國界，正要從口袋裡掏出護照給背著長槍，槍口上插著花朵的衛兵檢查時，我聽到它的細細聲音。

「你睡著了ㄇ？」

我嚇了一大跳，因為我明明鎖上房門了，更何況，就算是從房門進來的，我也沒有聽到腳步聲。

張開眼睛，它好奇地看著我。

它是一只風箏，一只藍色的風箏。

「嗯……你是風箏耶……。」我坐起來，緊張地靠著牆壁，這是我這輩子第一次跟風箏說話。或許在英國跟風箏說話是很稀鬆平常的事吧，不過我讀過的Lonely Planet旅遊系列報導中可沒這麼寫。

「對呀！」它一副覺得我說話很奇怪的表情：「我當然是風箏呀，難道我長得像郵票嗎？」

我搖搖頭：「不像！」

「嗯。我也覺得。」它說。

「對了，說到郵票，請問你有沒有用剩下的郵票，可以給我一張嗎？」

我從書桌抽屜裡拿出一張郵票給它。

「耶！」它歡呼。

「要郵票幹嘛呢？」我問。

VIVADI
Adams

「我想寫一封信給朋友呀！」它說：「可是你總不能叫我去郵局排隊買郵票吧？」

「嗯。」我回答。

「風箏寄信是很辛苦的事喲！」它坐到床上來，細細的手（其實那不是手，而是兩條長方形的帶子）放在背後撐著。

「怎麼說呢？」我將水壺放到電磁爐上，按下開關。

「因為蒐集材料很累呀。」它邊把郵票夾在竹子做成的支架跟藍色布面中間，邊說：「比如說，我一年前跟一個小男孩要到了信紙，可是他沒有信封……半年前跟一個老婦人要到了信封，她卻沒有郵票……。」

「往往一封信到對方手中，都已經三五年了呢。」風箏無奈地說。它是三角形的（而不是我們印象中常見的菱形），藍色身體上畫了一雙大大的眼睛。

我點點頭，有點同情它。

「所以呀，在我們風箏的信裡面，通常都書寫著不會因為時間而輕易改變的事情。」

「比如說什麼？」我很好奇。

它忽然漲紅了臉：「我才不要跟你說……這是秘密！」

「嗯……。」我無奈地點點頭。

「那你現在有郵票，也有信封跟信紙了，是不是要回去寫信了呢？」我問它。

它看著窗外的天空，眼神充滿了遲疑。

「是不是沒有筆？」我問。

「老早就有了，我有三枝筆，一枝是黑色的鋼筆、一枝是藍色的原子筆、一枝是鉛筆，不過我不會削。」

它嘆了一口氣，然後說：「難道你都聞不出來嗎？」

「聞不出來什麼？」我緊張地聞聞自己的衣服，上面有很淡的洗衣精的檸檬香味，被子上有我很熟悉，但不知道怎麼形容的味道。空氣中有陽光照耀在木頭地板和玫瑰花凋謝的味道（因為前天跟Amy買了一束玫瑰花），放花草茶的木架上有迷迭香跟馬鞭草的乾燥氣味。

我聞不出什麼特別的味道。

「在我身上啦！」風箏比比自己。

「喔。」我恍然大悟，靠近它，用力吸一大口氣。

「……。」

「聞出來了嗎？」它滿懷期待地問。

因為怕讓它失望，我更靠近它，它呵呵地笑：「你的鼻子弄得我好癢。」我不理它，更用力地吸氣。

「……。」

「怎麼樣?怎麼樣?聞出來了吧?」

我搖搖頭。

「ㄏㄡ!」它倒在床上,用力地拍打床鋪,不過因為它的手太輕了,所以一點聲音都沒有。

「你真的聞不出來嗎?」它沮喪地問。

「嗯……真的……我什麼都聞不出來……。」

「都沒有悲傷的味道ㄇ?」它大大的眼睛看著我,讓我覺得好心虛,好像考試作弊的時候被喜歡的女生看到。

「什麼是悲傷的味道?」我問。

「就是在心裡很悲傷的時候,身體就會有一種悲傷的味道,一聞就知道呀!」

「很明顯嗎?」如果很明顯,或許就代表我的鼻子已經老化了。

「很明顯啊,就跟地鐵列車靠站的時候一樣明顯。」

「什麼意思?」

「列車靠站的時候,就算是聾子或瞎子都會知道,因為地板會震動啊。就這麼明顯!」它生氣地說。

之後它就不說話了。它生悶氣地用手遮住自己的眼睛,躺在床上一動也不動。水滾了,我泡了一壺薄荷草茶，發出匡噹匡噹瓷器碰撞的聲音，它從手的縫隙偷偷觀察我在幹嘛。

「你要喝嗎？」我問它。

「喝什麼？」

「薄荷草茶。」

「嗯。」它點點頭。

我將大馬克杯拿給它。

「我拿不動。」它小小聲地說。

「喔。」我真笨。

我幫它把冒出白煙，燙得要命的薄荷草茶吹涼，放入吸管，擺在它胸前。

它咕嚕咕嚕地喝著。

「好淡！」它邊喝邊皺眉頭。

「我不敢喝太濃，」我回答：「如果我喝太濃，心臟就會激烈地跳，然後撞到下巴，害我咬到舌頭。」

「你幾歲？」它問。

「四十九。」我說。

「還那麼幼稚！」它露出不可思議的表情。

「跟你說喔，今天，是我最悲傷的一天。」它用一隻手纏住馬克杯的握把，然後用另外一隻手解開。這大概是風箏們常玩的益智遊戲吧。

「什麼意思？」

「就是最悲傷的一天啊！」它露出不耐煩的表情。

「為什麼呢？」我一直問問題，這不能怪我，因為我從小就是個理解力比別人差的孩子。

「沒有為什麼呀，只是早上一醒來，就發現，今天好悲傷喲，是最悲傷的一天。每一年當中會有好幾天這樣的日子。」

「喔。」我一知半解地點點頭。

「難道你不會這樣嗎？」它問。它現在把兩隻手都纏在馬克杯的握把上，這樣等會兒要怎麼解開呢？

我搖頭：「不會。」

它嚴肅地看著我，然後說：「你真奇怪。」

「那悲傷的時候要怎麼辦呢？」我看著藍藍的它。

「喂！」它突然叫我。

「幹嘛？」我說。

「幫我解開。」它用眼神指指自己的雙手。

我幫它解開，幸好不是打死結。它的手好軟，如果在風中飛揚一定很好看。

「悲傷的時候，每個風箏的做法都不同呀。像我，就是飛到一個人家裡，然後賴在那個人旁邊，什麼事都不做。」

「如果那個人有要做的事呢？」我覺得自己問了一個很實際的問題。

「就看他做呀！」它說：「比方說，你等一下要幹嘛呢？」

「寫東西吧！」我考慮一下之後回答：「還有聽音樂！」

「聽音樂！」它眼睛一亮：「我也好喜歡聽音樂！」

「可是我只有古典音樂喲。」我顧慮地說。

「什麼音樂我都喜歡呀！」它興奮地在床上滾來滾去。

「喔，」我說：「那你等我一下，我去跟房東太太借音響，這樣我們就可以一起聽了。」

「耶耶耶！」它跳起來，在半空中左右搖晃幾下，然後輕輕掉落在床上。

扣扣扣。我敲著Mary的房門，她的房間在一樓走廊的最裡面。她將門打開。她穿著黑色功夫褲，黑色CKT恤，瘦瘦的手上戴著白色的Nike護腕。如果二十一世紀還有忍者的話，應該就是這樣穿吧。

「日安呀！艾！」她說。

「日安！」我回答。

「我正在看《阿虎》的VCD，是香港的片子。Andy Lau演一個泰拳高手，你有看過嗎？」Mary問。

「沒有。」我搖搖頭。

「要不要跟我一起看呀？」

「不了，」我說：「Mary妳有沒有音響喇叭？可不可以借我？」

Mary從書桌底下拖出兩個大大的木質音箱：「這可是我的寶貝喲，用這個聽爵士樂的現場錄音，甚至聽得到Billie Holiday的大裙襬被風吹動的聲音。」

「謝謝！」我感激地說。我等不及回去聽Glenn Gould邊彈琴邊擤鼻涕的聲音。

「小艾，我問你，我都這把年紀了，還有可能成為跟阿虎一樣厲害的高手嗎？」Mary看著我。

我拍拍Mary的肩膀，對她說：「妳一定可以比阿虎厲害的！」我是真的這樣相信。

Mary開心地關上房門。我走上樓，懷裡抱著重重的音箱。

「你好久喔！」風箏說：「我剛剛在看你的唱片。」

「有看到想聽的嗎？」我問它，一邊把音箱接上隨身聽。

它比了一張我擺在筆記型電腦旁邊的ＣＤ，是韋瓦第的《四季》。

「耶！」我歡呼：「我也好喜歡聽這張！」

它露出害羞的樣子。

我將原本在聽的貝多芬《第三號鋼琴協奏曲》拿出來，換上《四季》。當春天樂章那充滿拼命想往上跳的野蠻活力從喇叭毫無保留地流洩出來的時候，我跟它臉上都露出如痴如醉的表情。

「好美。」它紅著眼眶說。

「嗯。」我點點頭，也快要哭了。

我們沉默地聆聽著音樂，它躺在床上，我則坐在地板上，頭靠著ＣＤ櫃。

過了好久，它突然說：「你知道我第一次聽這個曲子是在哪裡嗎？」

「不知道。」我回答。

「是在一間餐廳的門口，那時候一個小男孩正拉著我往前跑，他技術很差，我一直在低空搖搖晃晃，覺得頭好暈好想吐。」

「嗯。」我試著想像風箏吐出來的樣子。

「然後就在他跑到餐廳門口的時候，我聽到這個曲子。」它說。

「嗯。」

「我想他一定也曾經飛過。」藍藍的風箏說。

「誰？」我問。

「寫出這個音樂的人。」

「嗯……。」

「那時候因為我很想繼續聽下去，就索性停在餐廳的前面，不飛了。」

「嗯……。」

「小男孩很生氣，他把我扯下來，用力踩我！」風箏面無表情地說著。

我突然很想抱抱它。

「呵呵，音樂沒有了。」它說。

「要不要再聽一遍？」

「可以嗎？」它看著我，小聲地問。

我點點頭，按下replay鍵。

「好好聽。」它看著窗外午後悠閒的天空說。

「嗯，真是百聽不厭。」韋瓦第對我來說，是真正能夠安慰人心的藝術家。

我們又將《四季》聽過一遍，覺得好像在短短的五十分鐘之內，來回跑了好幾趟不同風景的人生。

「呼～～真滿足。」音樂再度結束之後它說。

我也這樣覺得，好像心裡的每個小摺痕都被溫柔地熨平了一樣。

「你不是要寫東西ㄇ？」它問。

「嗯。」我點點頭，要不是它提醒，我已經完全忘了要寫東西這回事。

「你都寫些什麼？」它跳下床，優雅地滑翔到我身邊。

「故事呀。」我說。

「故事！」它興奮地爬到我背上：「我要聽！我要聽！」

「可是我不會說故事，我只會用寫的。」我有點抱歉地說。

「你都寫給誰看呢？」它問。

「不同的人呀，」我說：「認識的人，不認識的人。」

「故事就是要用說的呀！」它說。

「才怪！」我回答。

「本來就是，用寫下來的故事才不算故事，就像電子錶不能當成寵物一樣！」

「什麼意思？」我突然覺得或許風箏會是一個很棒的小說家。

「反正就是這樣！」它用細細的長條狀的手圈住我的脖子：「拜託說故事給我聽啦！」

這輩子還是第一次有風箏對我撒嬌，我有點心軟。

「可是我真的不會說故事啦！」我狠下心拒絕。

「你不說我就勒死你！」它恐嚇我。

「你才沒有力氣呢。」我對它說。

「拜託啦。」它的聲音有些發抖：「今天是我最悲傷的一天。」悲傷這個字眼像電流一樣穿過我的身體。

「好吧！」我說。

「耶！」它跳下我的背，安靜地坐在我前面，雙手像乖寶寶那樣交疊著。

我說了玻璃瓶的故事給它聽。是一個喜歡寫東西的女孩最後消失在海邊的故事。是我還好小的時候寫的故事。

當它聽到最後那個女孩留在錄音筆裡的故事時，眼淚一滴一滴地墜落到地板上，為了怕被我看到，它轉過身去，背對著我。

「從前從前，有一只玻璃瓶跑到了沙漠裡，那裡的原始居民看到玻璃瓶都覺得很稀奇，他們用它來裝水，祭祀的時候用它來裝敵人的鮮血，抓到野牛的時候用它來裝牛奶，他們把玻璃瓶當作寶貝那樣珍惜保護著。有天，一群西方人帶著獵槍來到部落，他們看到部落居民拼死地保護玻璃瓶，就認為玻璃瓶一定是用很珍貴的寶石做的，他們殺光所有居民之後搶走玻璃瓶，發現那只是不值錢的玻璃瓶，於是就把玻璃瓶敲碎了。」

「那個女孩那時候一定在最悲傷的一天！」它帶著重重的鼻音說。

「嗯。」或許吧，我從來沒有這樣想過。

「那個男孩為什麼不安慰那個女孩呢？」它問。

「或許他也覺得很無能為力吧！」我心虛地回答。

「為什麼！為什麼！」它用力地拍打地板，憤怒地瞪著我。

「爛故事！我一點都不喜歡！」它最後說。

「當別人在最悲傷的一天的時候，無論怎麼樣，都要用盡全力地保護他，陪在他身邊，絕對不可以一個人躺在沙發上睡覺！」它好像在指責我，我卻想不出任何像樣的反駁的話。

「有時候事情沒有那麼簡單，」最後我說：「人類是很複雜的。」

「屁！」它又將兩隻手纏在馬克杯的握把上，而且纏得好緊好用力。

「你們就是因為太軟弱了，所以才把事情想得很複雜，複雜到你們可以對自己說：『因為太複雜了，所以我無能為力。』」它的臉氣成鐵青色的。

我低著頭，想起許多人的臉孔。有多少我所錯過的，最悲傷的一天……。

已經黃昏了，窗外傳來冰淇淋的攤販搖響鈴鐺的聲音，今天的鈴鐺不知道為什麼聽起來特別清脆與悠遠，似乎從很遙遠的地方風塵僕僕地趕來，又要去向很遙遠的地方。天空是深邃的藍色，幾抹橙色的雲朵掛在天空像小小的木舟，準備載送最後幾抹光芒航向黑夜的大海。

「我餓了。」風箏說。

我正在想事情，所以沒有聽到。

「我餓了。」風箏說。

「喔！」我慌亂地抬起頭，看見籠罩在夕陽光線中的它。

像照X光一樣，它的身體變成半透明的，看起來好無助，好脆弱，它只由兩根隨時都有可能斷掉的竹棍支撐著。

「嗯，」我回過神：「你想吃什麼呢？」

「我想吃小羊蛋糕店的松籽餅乾。」它說。小羊蛋糕店在距離Mary's House兩百公尺的轉角。

「嗯，我去幫你買。」我抓起掛在衣架上的外套，準備要出門。

「等一下！」它說：「幫我解開！」它的手又纏住了。

我蹲在它身邊，花了好多時間才將它的手從可怕的馬克杯魔王的握把中解救出來。

「謝謝。」它低著頭說。

「呵呵，」我尷尬地笑笑：「那我出門了喔。」

「等一下！」它說。我停下腳步。

「對不起，我剛剛好兇！」它伸出皺皺的長手，摸摸我的眼睛。

「等我喔。」關上門前我說。

「嗯。」它點點頭。

小羊蛋糕店的老闆Jerry看到我，露出訝異的表情，因為我從來沒有在這時候上門買過麵包。

「有沒有松籽餅乾？」我問。

「賣光了耶！但是有核果的、香蕉的、芒果的、巧克力的、脆皮巧克力的、奶油的……。」

「哪裡還有賣松籽餅乾？」我打斷他。

「河的另一邊吧！」他冷冷地說。

我衝出店門，朝河邊跑去。

我用盡全力奔跑，跑過市集，跑過已經收攤的水果店，跑過小教堂廣場，完全把醫生警告我不能劇烈運動的事拋在腦後，我心裡想的，只有松籽餅乾這個簡單的事實。我跑到河邊，好幾次都差點喘不過氣來，離通往城鎮另一邊的橋只剩下大約一百公尺，我停在柳樹下深呼吸，準備再度衝刺的時候，心臟終於發出抗議，心臟停了一下，一秒鐘，兩秒鐘，沒有繼續跳動，恐懼像洪水一樣淹過我的腦海，我就要死了，然後我聽見身體重重摔在地上的聲音，眼前，一片黑暗……。

當我恢復意識和視覺，首先映入眼中的是一個年輕女孩子的臉孔。

「你還好嗎？」她用英文問。

「扶我起來。」我回答。

她疑惑地搖搖頭，我才想到我剛剛說的是中文。

「扶我起來。」我用英文再說一次。

她咬著牙撐起中年發福的我。

「謝謝。」我還有些站不穩，地球旋轉的速度好像比平常快了一萬倍。

就在我要繼續跑的時候，她說：「你要去哪裡？我載你一程吧！」

於是我坐上她的綠色偉士牌機車。

「我要去對岸的蛋糕店。」

「OK！」她說。

我買了五包松籽餅乾，因為不清楚風箏的食量。

女孩騎著偉士牌機車送我回家。

「原來你住在Mary's House。喝！喝！」她做出幾個泰拳的動作，我會心一笑，揮手向她說bye bye。

我跑上樓，在門口又氣喘地全身發抖，連用鑰匙開門這個簡單的動作都花費好幾分鐘。

左手，提著拼了命買回來的松籽餅乾。

門打開，房間裡漂浮著微弱的暮色。

它已經不在了。

它不在床上，也不在床底下。我走到窗邊，入夜的天空除了幾隻趕路的蝙蝠之外什麼都沒有。河的另一邊，小城鎮每戶人家的燈火比平常更讓我感到加倍的孤寂與痛楚。我忍住眼淚，深呼吸，忍住眼淚，深呼吸。重複數次之後，靜靜在地板上坐下。我閉上眼睛，任憑思緒將我帶到任何的地方。或許許多的故事，就是這樣子寫成的，在寫故事的人放棄了掙扎和哭泣之後。所以我們讀完故事，才會有那麼多的無法釋懷。

我閉上眼睛，感覺到一股很輕很輕的氣流，從天而降。它在黑暗的空中緩慢地盤旋，發出幽幽的藍光，雙手抓住我的肩膀，停在我背上。

「我剛剛一直躲在天花板上偷看你。」它說。

「喔。」好久之後我回答。

「這樣很好玩嗎？」我接著說。我有點生氣，不，嚴格說起來我很生氣。

「對不起嘛，」它說：「我想給你一個驚喜，因為我知道你一定會回來。」

「我有說我不會回來嗎？」

「我剛剛在窗戶邊看到你在跑，你倒下來，我以為你會死掉。」我的脖子一滴滴的冰涼，是它的眼淚。

我深呼吸，打開檯燈：「哪！松籽餅乾！」我替它將包裝紙袋撕開。松籽滑膩的香味四溢。它坐在床邊，一小口一小口地吃著餅乾，小心不讓屑屑掉出來。

「幹嘛買那麼多？」它指著其餘的四包餅乾問。

「因為我不知道你的食量啊。」我回答。

「想也知道我食量很小啊，我那麼瘦！」它說。

「誰知道啊！」我聳聳肩。

「還想聽音樂嗎？」我問。

「嗯。」它點點頭。

「想聽什麼？」

「《四季》！」它眼睛發亮地說。

於是我們安靜地聽著既溫暖纖細，又殘酷冷冽的韋瓦第。它吃著餅乾，我又幫它倒了一杯薄荷草茶。夏季樂章結束之後是秋天，聆聽冬天需要有強壯的心臟，而我已經太老。

「你剛剛為什麼要用跑的？」它問。

「喔。」我說。

「我在問你問題耶！」它皺起眉頭。

「因為……，」我回想起一個鐘頭前的拔腿狂奔，還覺得有些心悸。

「因為這是你最悲傷的一天。」我看著窗外說。

音樂結束之後，整個小鎮的安靜彷彿都擠進了我的閣樓。

「我要走了。」它說。

「嗯。」我點點頭。

「你！」它伸出手指著我。

「怎樣？」

「要常常說故事給自己聽，不是用寫的，是用說的，就像有人陪著你，對你說話一樣。」

「喔。」我點點頭。

它伸出長長的手臂抱住我。

「喂！」我說。

「怎樣？」它問。

「我好像聞到了耶……悲傷的味道……真的好明顯，跟地鐵的列車一樣……。」

「我就說吧！」它說。

「掰掰。」在窗邊，我們一起看著遠處的燈火。

「郵票有帶嗎？」我問。

「嗯，夾在胸前了。」它指指自己身上的竹架。

「我會寫信給你。」它最後說。

我含著淚點點頭。

它飛出去，乘著流浪的晚風，身上的藍光隔了幾乎跟永恆一樣久的時間才從我的視線中完全消失。

它走之後，我又在Mary's House過了六個多月的平靜生活，然後在二〇〇三年十月，天空最藍，而街道上開始飄落樹葉的秋天，離開英國。本來我還計畫著要去歐洲看畫，可是不知道為什麼，我好想回家。回到一盞燈火裡，而不只是隔著曠遠如荒原的黑夜，眺望著別戶人家的燈火。

Mary替我辦了一場小小的歡送會，在喬叟咖啡館。她將珍藏的木質音箱送給我：「要用這個才能聽出音樂骨子裡真正的聲音。」我感動得說不出話，因為對我來說那不只是可以聽出好聲音的音箱而已，也是我和風箏所共有的回憶之一。

我送給Mary之前去皮飾店特別訂做的，迷你版的拳王冠軍腰帶。她笑得合不攏嘴，將腰帶繫上之後（真好看），對我揮出好幾拳虎虎生風的右勾拳，雖然我對泰拳一竅不通，但是我想那應該不輸給《阿虎》裡的Andy Lau。

那是一個金色的下午。空氣中飄浮著淡淡的菸草味和咖啡香，行人的影子靜靜的，像慵懶的老貓那樣陪伴在每個人腳邊，偶爾有風吹起，落葉們便滿心歡喜地隨風起舞。

Mr. Wallace今天推薦的是Lester Young的唱片，同樣的，每聽完一首曲子，他就踱步到我身邊，大大的手放在我肩膀上：「不覺得很了不起嗎？」我照慣例點點頭。

在這裡生活的每個小細節，都使我難忘。

走之前，我對Mary說：「如果有寄給我的信，請一定通知我，好嗎？」

掛著帥氣冠軍腰帶的Mary哭紅了眼睛，點點頭。

我們用力地擁抱，然後我鑽進計程車。

我很期待收到它的信。或許歷經千辛萬苦，好幾年好幾年過去……。

它說：「在我們風箏的信裡面，通常都書寫著不會因為時間而輕易改變的事情。」

我也想著或許它會在某一天，同樣地飛到你窗邊，用細細的聲音向你說話。請你好心地收留它，讓它賴在你身邊，什麼事都不做，因為那是它最悲傷的一天。如果你也可以聞得出悲傷的味道，就會知道它沒有騙人……。

飛機起飛的時候，我想起韋瓦第，想起它說：「我想他一定也曾經飛過」時的篤定神情，眼淚終於無法控制地崩潰。

3

我正在刷牙，還沒穿內褲。我邊刷牙邊低下頭俯瞰自己的陰毛跟老二。我很瘦，沒有大肚子。然後一坨牙膏泡沫垮在陰毛上，涼涼的，我覺得很有趣，又吐了一口在那上面。等待。可是沒有更有趣的事發生。我扭開水龍頭把陰毛上面的牙膏泡沫沖乾淨。她斜斜靠在浴室門上，注視著我的舉動，下半身套著牛仔褲，上半身沒穿。光線因為她的美貌而融解，隨著地板的水流進了下水道，少許光線跟毛屑一同被卡在排水孔上。有那麼幾秒鐘，我想我瞎了。

她靠近我，張開嘴巴，咬住我的脖子。她的乳頭輕輕摩擦著我的背。輕輕的，像虛弱之人的遺言，很輕，但是卻逼得你豎起耳朵仔細聽。她更用力咬，我知道她牙齒不夠銳利，就算她再怎麼用力，都只會讓我疼痛，而不會讓我流血。

她雙手攀上我的肩頭，指甲嵌入肉中。在疼痛中，我想起剛認識她的事。四月的事。

四月我從北方搬到這個港邊的城市，她在我家巷口賣章魚小丸子。我從來就討厭章魚小丸子，與其吃那個我寧願啃獵犬腐爛的眼球雖然我明白我正在誇飾。但丁，在其最著名著作《神曲》裡，描述了地獄的其中一景，那裡面關滿了愛用誇飾法的靈魂，而他們的懲罰就是所有曾經說過或寫過的誇飾法都會成真，實現在其自身。

有時候我想著我們應該多多創造一些幸福的誇飾法，並不是為了這個世界，更非為了其他人，而是為了我們的地獄生活。

四月。我搬新家，買了新相機。我東拍西拍，什麼都拍。我拍狗，也拍摩托車。我對著電線桿按下快門，我對著便利商店裡的一排綠茶按下快門。我也對她按下快門，並沒有什麼特別用意，我那時候不知道她很美，真的，我發誓。她那時候就跟狗、摩托車、電線桿以及綠茶一樣，甚至有可能我拍完她才發現她是人類，這種事難道不可能發生嗎？

我對她按下快門，因為那個攤子的藍色很吸引我，這麼俗艷的藍色，俗艷到如果海換上了這種藍，海會去死，如果天空換上了這種藍，天空會去吃屎。這種地步。這麼俗艷，幾乎等同於誇飾。

我正邁開步伐離開，她叫住我。我從一種還沒煎好的蚵仔煎的那種半流體的意識狀態中清醒過來，也就是，蚵仔煎終於煎好了，三十五塊，裝在便當盒裡，那就是我。

「你在照什麼？」她說。她直直看著我。

她真美，我的老天。我記得我在心裡這樣吶喊。我記得我詛咒老天爺為什麼讓我看見這麼美的人類，難道祂不知道這對我的平靜生活有害嗎？她不高，只到我的鼻尖。她的頭髮綁成馬尾。她穿七分袖的黑色T恤。

「喔。嗯。」我指了指手中的相機。

「我在照攤子。」我說。這是真話。我從來就是個不愛說謊的人。

「騙人。」她說。手叉著腰。我不怪她。或許是因為她還沒有到那種一眼就能看出真相的年紀。偷偷跟你說也無妨，好吧，那就是，根本沒有這種狗屁年紀。

「真的。」我說。

「好吧。」她擺出不耐煩的表情，就好像她的臉是一個抽屜而她正好把不耐煩的表情放在第一層似的：「就算是這樣，你拍的是攤子，但是那裡面有我吧。」

我打開相機的LCD檢查。果真有她。她正低著頭處理獵犬的眼球。從照片裡，可以看見她臉部的弧線。如果地球有某個海岸的弧線像她的臉這麼美的話，我打賭，每到夏天，會有至少一千萬人到那個海岸浮潛。

「真的有妳。」我回答。

「所以說呀，」她歪著頭說。我看著她雪白的脖子，在心裡默背杜甫的詩以免自己突變成吸血鬼。

她說：「你要把照片刪除。」

「喔。」我問：「為什麼？」

「肖像權。」她說。她的表情好像正在教蟋蟀寫JAVA程式的補習班老師。

「有沒有什麼辦法可以不要刪呢？」我試著問。

她沉默地搖搖頭。當她搖頭的時候，就算巴西隊踢進球，巴西隊的球迷還是會跟著她搖頭。

「我怕你把我的照片拿回去打手槍。」她說。

她認真地說：「以前我認識一個男的，他就這麼做。」

我在心中替那個男生哀悼。無論如何。

「妳怎麼知道的？」我問她。

「有天他喝醉了。」就在這時候來了客人，她回到攤子，翻一個又一個的獵犬眼球。在她替眼球淋上芥末醬的同時，我想著打手槍的事。我都是看龍貓的圖片打手槍的，我硬碟裡有一個資料夾裡面放滿了龍貓的照片，容量有一點二G，而且正在持續增加中。或許你不覺得龍貓綠色的毛很性感，或許你也不覺得龍貓尖尖的耳朵很性感，既然這樣，為什麼我就必須覺得舒淇或蔡依林很性感呢？

客人走了之後她又轉過頭看我。

「你會不會用我的照片打手槍？」她問。

「妳又不是龍貓。不。我不會。」我應該這麼說。

但是我卻說：「會。我會。」

她深呼吸，嘆了一口像數學課或法學緒論課那麼長的氣。在她深呼吸的時候，她形狀美麗的胸部也跟著起伏著，那讓我有點暈眩。

「所以還是刪掉吧。」她說。

「嗯。」我當著她的面把照片刪掉。LCD的垃圾桶圖示震動了一下。

「那是什麼樣的感覺？」把相機關機後我問她：「當妳發現那個男生用妳的相片打手槍？很噁心嗎？」

「噁心倒是還好。」她喝了一口掛在攤子鐵架上的珍奶：「那種感覺很難形容。」

我沉默地等待適合的語言像遷徙的候鳥那樣準確地降落在她心中的濕地。

「大概像是，」她嘟起小巧的嘴巴，眼睛盯住左上方的一個定點，然後說：「有點像是我是一個很會製作草莓果醬的巫婆。」很會製作草莓果醬的巫婆，嗯，我開始期待她的故事。

「我是一個很會製作草莓果醬的巫婆，我會做很好吃，相當好吃的草莓醬。整座森林沒有任何人或任何動物做的草莓醬比我好吃。」她說。我點點頭，並且閉上眼睛想像她戴上尖頂帽，在鍋爐前製作草莓醬的模樣。

「可是我不是很小氣的巫婆。如果有人真心喜歡我的草莓醬，我會分給他吃，因為無所謂呀，誰教我這麼厲害，這麼會做草莓醬。有人喜歡是正常的，我也很開心。只要他真心求我，我就會給他。」「嗯。」我說：「然後呢？」

「然後有天，有某個人在我面前嘖嘖地吃著草莓醬。那罐草莓醬上面有我的專屬mark。」

「專屬mark？」

「嗯呀。」她說：「例如上頭貼了一張牛皮紙，上面印著Hand-made by Miffy這樣。」

「Miffy？」

「我的名字啊。」她擺出「不行嗎？」的挑釁表情。這個表情大概放在臉部抽屜的第二層。

「可是我一眼就知道，那果醬不是我做的，那是仿冒品。」

「我對那個人吼：『喂！你幹嘛！那是仿冒品耶！』結果那個人根本不理我，繼續嘖嘖津津有味地吃著仿冒的草莓果醬。」

我點點頭。除了點點頭還能幹嘛？

「你知道我最生氣的是什麼嗎？」她問。

「不知道。」

「我最生氣的是，仿冒的東西，被當作跟真正美好的東西一樣，是等價的。問題是根本不是這樣的呀，你不覺得這樣子很粗暴嗎？真正美好的東西在這裡，全世界最好吃，宇宙無敵好吃的草莓果醬在這裡，是獨一無二的，任何仿冒品都無法取代。可是他們什麼鬼都不懂。」

她氣到臉都紅了。她生氣的時候，彷彿只要一下令，宙斯就會從奧林帕斯山衝下來然後把地球扔進果菜榨汁機裡。

沉默之後我說：「問題是，妳不是草莓果醬。草莓果醬或許會有仿冒品，但是妳不會有。」

「我有說我是嗎！」她對我吼：「我說我製作！」

「嗯。」我緊張地開始玩弄相機的背帶。我一緊張就會開始玩手邊的東西。

「雖然有時候很像。」她小聲地補充：「有時候分不清楚。或許我就是草莓果醬也說不定。」

空氣凍結著，企鵝正在滑雪而北極熊正在喝可樂。

雖然有時候很像。就是這樣。有什麼辦法呢？我覺得自己在這個瞬間又朝衰老邁進了好大的一步。在這個該死的陽光明媚的四月午後。該死的章魚小丸子攤子旁邊。

雖然有時候很像。就是這樣。誰不是呢？關於人轉化成物。物又轉化成一大堆仿冒物。這個柏拉圖沒辦法，赫曼赫塞也沒辦法，安哲羅普洛斯沒辦法，辛波絲卡也沒辦法。不這樣子還能怎麼樣子？

她用竹籤叉起一個小丸子：「要吃嗎？」她問。我激烈地搖頭。

「你能告訴我，」她把小丸子放回原位：「人要怎麼樣，才算真正地對待一個人呢？」

我不知道。或許我將永遠不會知道了。

我對她說：「我不知道。或許我將永遠不會知道了。」

她抱住我。我能夠感覺她的體溫，她身體的彈性和骨頭的輕壓。我聞到她髮間的油煙味，也感覺眼淚從領口滲透到心臟。但是我是一團霧，沒有形狀，也沒有五官與四肢。在迷濛中，我誰也無法觸碰，誰也無法觸碰到我。每個人都是一團霧，我們在欠缺找尋能力的處境中仍然固執地在找尋什麼。那到底是什麼？

她咬我。痛死了。我在劇痛中被突如其來的渴望佔據。

我們在我住的地方做愛，她下班後。結束之後我們肩靠著肩躺在床上，她握著我的手，我們注視著天花板上的吊扇發呆，慢慢等微風把汗吹乾。從眼角餘光我知道她轉過頭盯著我，我依然看著天花板，幾秒鐘過去，然後我也轉過頭看她。雖然已經做好心理準備，還是被她的美嚇了一跳。她爬到我身上，臉湊近我的臉，很靠近，很靠近，我想她要吻我，我閉上眼睛，然後她用力咬我的鼻子。

眼淚無法控制地流出來。你有被咬過鼻子嗎？那真的是非常、非常、非常痛。

她用指甲掐住我的脖子，我咳嗽，差點喘不過氣，她鬆開。

她睡著後我偷偷爬下床，在看得見港口的窗邊站著抽菸。我想各式各樣的痛，世界上的痛好多，無論如何都列舉不完，就算我們以為列舉完了，或許又會有新的痛在暗夜裡，在人們蠢蠢欲動的心裡悄然誕生。肉體上的痛、被背叛的痛、被踐踏的痛、被視而不見的痛、被錯認的痛、被發現的痛、自毀的痛、孕育的痛、死去的痛、痊癒的痛、永遠無法痊癒的痛、希望的痛、失望的痛、失去所愛的痛、愛的痛……。

好累。

她熟睡著，被子滑到腳邊。我在她旁邊躺下。她在說夢話。像項鍊綳斷後珍珠四散在地板上的喃喃自語，我彎腰，凝視一顆顆背負微光的珍珠滾進幽暗並且佈滿蛛網的床底。我對她說，彷彿我將愛她那樣用力：

「妳不是草莓果醬。我也不是。

我們製作草莓果醬。我們製作草莓果醬。我們製作草莓果醬。

去他的仿冒品。去他的仿冒品。去他的仿冒品……。」

終於頂著紅腫的鼻子沉入睡眠。

耳垂湯

有天，我的上司要我到台中出差，採訪一個攤子，據說裡面有賣耳垂湯。

「那是啥？」我一邊把快要滴出來的鼻水吸回去，一邊問。

上司說：「我也不知道。就像貓鼠麵，你總不會真的以為是貓跟老鼠吧。」

「喔。」

「總之你今天去，明天回來，明天順便把稿子給我。」

「喔。」

「你等一下上線我把攤子的住址傳給你。」

「是齁。」

「對了，」

「蛤？」

「你是不是感冒了？」

「大概吧。」

「快出去，不要傳染給我。」

於是我出發了，坐統聯，我的上司不准我坐高鐵，她說：「很貴耶。」

車上在放電影，我沒有看，我一上車就捏兩丸衛生紙團塞進鼻孔，然後開始睡覺。就像每次坐車時的睡眠一樣，極不安穩，作了夢，夢裡的人剛出場而已，連台詞都還沒唸，就醒了，醒時世界朦朧一片，像置身霧中，我的視線飄向頭頂的電視螢幕，蝴蝶般搧了搧翅膀，又睡著了。隱隱約約地，我覺得電影的情節，似乎是一個穿斗篷的吸血鬼伯爵正在和大象格鬥。

好不容易車下了交流道，我拔出衛生紙團，它們如今重得像鉛球，我想把它們帶在身邊，練舉重的時候用得到。車在中港轉運站停，我肩起筆電和背包，跳下了車，外頭好冷，天空灰得像適合沉船的航道。點了菸，拉緊外套，車子裡步下一個女生，她看見我，走過來說：「借個火。」

她短頭髮，瘦瘦的，骨架子比一般女生來得大，穿牛仔褲，黑長靴。

「很冷吧。」我向她搭訕。

「嗯。」她看了看我的臉，說：「你在流鼻水耶。」

「是喔，」我吸鼻子：「我自己沒感覺。」

她摸了摸褲子口袋：「我沒帶面紙。」

「沒關係，」我說：「讓它流吧。」

抽完菸，她看似要走了，我問她：「嘿，剛才在車上，妳有沒有看電影？」

「有。」

「是不是在播吸血鬼跟大象格鬥？」

「不是耶，」她朝我比了比手勢，我遞給她打火機，她點燃第二根菸：「沒有吸血鬼，也沒有大象。狗的話倒是有一隻。」

「真的？」

「嗯。」

她的臉有稜有角，並不細緻，皮膚黑黑的，粗眉毛，單眼皮，大嘴巴。右邊下巴尖端的附近，有一道小小的傷口。她的鼻子長得跟她的臉孔最不協調，太精巧了，像手指不小心抹到奶油蛋糕的表面，彎翹而起的惡作劇般的痕跡。

「所以，妳是學生？」我問她。

她聳聳肩：「算是吧，研究生，但是兼了一堆家教，賺錢的時間比唸書多。」

「教什麼？」

「英文。」

「是喔。」

「你呢？」她問。

「上班族，我來出差。妳有沒有聽過耳垂湯？在忠孝路上。」

「沒有。耳垂湯？聽起來很有趣。」

「是嗎？」我並不認為有多有趣。還不就是麵疙瘩揉成像耳垂那樣扔進水裡滾然後撒些香菜？

她看了看我的筆電、我掛在脖子上的笨重單眼相機，說：「所以你要去採訪一間賣耳垂湯的店？」

「算是吧。美食報導。」我摩擦雙手，真的冷，又濕又冷：「但是我不一定會去。說不定到了旅館之後上網查一查網站還有部落格，自己就掰一篇出來了。因為好冷，我不想出門。」

「這樣可以嗎？」她問。她正在用我的打火機烤自己的右手，烤完之後換左手。

「什麼可以嗎？」

「你連去都沒去，就寫報導，也太不敬業了。」

「嗯。」我點點頭。這倒是。

「你是在雜誌社上班嗎？還是報社？」

「雜誌社。」我說。

「哪本？」

我告訴她。

「我以後絕對不會買的。」她說。

「不要買，」我笑了笑：「爛死了。」

「總之，如果你要去，打電話給我。我也想跟去，可以嗎？」

「沒問題啊。可是我覺得我不會去。看起來快下雨了。」

「所以說如果。」她拿出手機，問了我的號碼，打給我。我的手機響了，上面有她的號碼。

她走了。我看著她的背影。她背了個大包包，身體挺得筆直，步伐篤定。

我坐上計程車。跟司機先生說了一個商務旅館的名字。check in 之後，走進浴室，讓熱水流入浴缸。水逐漸填滿了。冒煙的水。一種像揉皺了的信紙般的暖意，卡在我的喉頭。我坐在馬桶上抽菸，世界很白，都是霧，後來我看不見浴缸了，脫去了衣物，僅憑藉指尖的觸覺，找到了暖水積聚的漩渦，沒身進去，那瞬間，整趟旅程、兩座城市所賦予我的寒冷，都一筆勾銷，彷彿我說了什麼很絕的話，再也得不到他人的原諒了。薄得像螢的飛行的水面，淹過我的下巴、鼻子，貼上眉毛。肌膚的刺麻宛如迷宮。

泡完澡後，身體熱呼呼，我竟不再流鼻水了，我那樣子吸吸了兩天的鼻水，無影無蹤。拉開窗簾，看見的風景是對面客房的窗戶。底下的庭院，有一株棕櫚樹，一方沙池以及一張沒有人在的躺椅。那株棕櫚樹是塑膠的，去年我出差時，曾經摸過它。當我知道它是塑膠的時候，沒有什麼特別的感想。我回想起這件事。我想走下去，摸摸看，經過了這一年，說不定它已經變成真的了。

床是冰的。軟軟地冰。我平躺著。我的耳朵被兩只大風箏吊得老高。我的朋友告訴我，他住旅館時，總是聽見隔壁房間的人做愛的聲音。我懷疑他騙我。我從來沒有聽過這種聲音。我問他：「有什麼感覺？」他說：「就像你在腦海裡想一個字，然後有人翻開字典，把那個字底下的解釋朗讀給你聽。」「什麼？」「聽完之後，你覺得這個字更加陌生。」

我聽見浴室的抽風機，正在它正方形又附有個圓孔的巢穴裡，削一顆永恆的蘋果。

睡著了。不知道睡了多久，醒來時，我發現室內的光線並沒有變化。因為窗簾厚得像柏林圍牆，燈又亮。我又開始流鼻水。

把電腦連上網路之後，我用耳垂湯作為關鍵字搜尋，果然找到了一些部落客寫的美食誌。和我想像的差不多，所謂的耳垂，就是將麵團揉得很Q之後丟到湯裡跟蔬菜一起煮。有幾張照片，湯看起來綠綠濁濁的，幾丸其實根本不像耳垂、像變形的羽毛枕的麵團在湯水之間呼喊著昔日的頭顱。「老闆經營這間麵攤已經有二十年的時光了。原本主要賣的是大滷麵，耳垂湯是老闆有一天靈機一動之下研發出來的，沒想到大受歡迎。」有人這樣寫。也有人的標題是：「台中忠孝路不起眼的榕樹下，隱藏絕世美食。」點進去一看，放了幾張照片，主要是在拍樹、樹上的鳥以及看起來年約六十出頭的老闆光著腳丫子煮麵的照片。不知道用意何在。

又看了幾篇介紹，大約就是寫湯的味道有多麼美妙，或是原來耳垂是可以沾醬吃的，那醬料是老闆獨創的秘密醬料。「吃起來又辣又酸，在口腔中有種沉重的撞擊感，卻不會讓人難以接受。醬料的後勁，轉變成一種溫柔的甜味。」最好是有這種事，我心裡想。

剪剪貼貼的，把一些覺得可以用的句子改造了句式，變成新的，然後自己加入一些隨想，例如「今天天氣好冷好冷，喝了這碗湯之後，冬天的威力蕩然無存」之類的鬼話，就完成了一篇約一千五百字的報導。看了看時間，才下午五點。整個晚上，我想要在看日本的搞笑綜藝節目以及昏睡之中度過，喝喝啤酒，吃吃辣味的洋芋片，真是太棒了。冷得要死，才不要出門喝什麼耳垂湯。

打開冰箱，有幾罐啤酒還有玻璃瓶裝的冰火。拉開啤酒拉環。年輕的時候，大約二十歲上下，我非常喜歡聽拉開啤酒拉環時那清脆到簡直像因為過度凝視而眼珠爆裂的聲音。那是個短促的聲音。喀。沒了。愛極了。我也喜歡把啤酒倒進重重的玻璃杯，氣泡的湧動囂張，吞沒杯緣滿溢出來。

電視裡一個長得像猴子的男藝人，他的搭檔從西裝外套裡掏出一根香蕉遞給他。攝影棚裡的人都笑了。我也笑。

我想起一件事，於是趁著廣告空檔，打電話給下午在中港轉運站遇見的女孩。

「嘿。」我說：「是我。下午那個。耳垂湯。」

「喔，」她回答：「怎麼樣？決定要去了嗎？」不知道為什麼，我覺得她講電話的聲音比較好聽，有種遲疑、猶豫的感覺，像手裡捏著硬幣，在販賣機前面不確定該投哪種飲料。咖啡好呢？還是可樂？

「怎麼可能？我已經寫完了。」

「寫完了？」她很吃驚的樣子：「你有去嗎？」

「沒有啊。上網查查資料，一下子就寫完了，現在在看日本台的《黃金傳說》，好好笑。」

「那你打來幹嘛？」

「喔，對了，我想問妳，今天在車上放的電影，妳說沒有吸血鬼，也沒有大象，對嗎？」

「嗯。」這是一聲隱含著憤怒的「嗯。」

「但是妳說有狗？」我追問。

「嗯。」

「我想知道是什麼種類的狗。」

她沉默了幾秒鐘。在那幾秒鐘裡，我因為怕自己分心，所以把電視關了。

「你是認真的嗎？」

「對呀。」我對著黑黑的電視螢幕點點頭。從那拋弧的平面中我看見自己縮小的倒映點點頭。

「你為什麼想知道這件事？」她問。

「不知道，」我回答：「總覺得很在意。照理說，在車上的時候我睡著了，那部電影在演什麼，是與我無關的。但是我半夢半醒的，以為自己是在看電影。電影的情節是吸血鬼與大象的格鬥。我緊緊抓住這個情節，像是那是我沒有被真實世界遺棄的證據。妳告訴我，沒有吸血鬼，也沒有大象。我心裡想，那麼我以為自己清醒時所看見的電影，也不過是夢，終究我還是睡著了，如此一來，我是自己關起了門，把真實的世界排拒在外，沒有被遺棄的問題，於是我也就釋懷。然而妳又說有狗。狗在我作夢的時候，在電影中存在，或許是在奔跑、在追飛盤戲耍，或是在河邊甩自己的身子。狗有眼睛。我忍不住想要知道牠是隻什麼種類的狗，然後進一步去想像牠的樣子、牠的眼睛。透過牠的眼睛，牠將在我錯過的世界裡，代替我觀看我無論如何已經無法再經歷的一切細節。如果沒有這隻狗，那麼那部在我睡著時上演的電影，對我來說就將永遠失落。當然這沒有什麼大不了的，這既是時間的規律，也是以自我意識作為運思基礎的人類所必然要面對的宿命，但是現在有了一隻狗，我也就再度有了希望，希望能憑著牠靈敏的嗅覺與視力，帶領我找到那個在我之外的世界。怎麼樣？嘿，我說的很有道理吧？」

「什麼？」她說。

「我說，我說的很有道理吧。」

「我不知道耶，」她在吃東西。手機裡，傳來咀嚼食物的聲音：「我聽到一半，就跑去切番茄了。」

「番茄？」

「番茄。」

「紅色的番茄？」

「紅色的，」她說：「也沒有那麼紅啦，紅色的，但是帶點青色。」

「像鼻涕嗎？」

「沒有那麼像。」她思考：「就在大片紅的旁邊，間雜幾條縱向的青色。那是種在抵抗熟練的青色，像故意彈錯的曲子、刻意失足的特技演員。那種青色，接近黑，嚴格說起來是對黑的考掘。你聽得懂嗎？」

「番茄好吃嗎？」

「酸酸的。」

「總而言之，希望妳告訴我狗的品種。」

「狗的品種？」

「狗的品種。」

「你帶我去吃耳垂湯，就告訴你。」

我嘆了口氣，說：「幹嘛一定要我帶妳去。跟妳說地址，自己去，不好嗎？現在真的不想出門。我全裸，節目看到一半，啤酒也還沒喝完，外面又冷得像鬼的對弈。妳告訴我狗的品種，下次，下次我請妳吃大餐，好嗎？五星級的大餐，有前菜的那種，服務生比藍正龍帥，而且每個人都通過法語的中級檢定。怎麼樣？」

「今天想喝耳垂湯。就是今天。而且不想一個人喝。」

「妳他媽的。」我說。

「謝謝。」她回答。

「約幾點？」

「七點半。」她說。

「為什麼要這樣搞我？」

「你也可以不來啊，奇怪了，不過是隻狗嘛。」

我跟她說了攤子的住址。掛電話前，她提醒我：「記得穿衣服。」

被子。被子。被子裹著我，被子咬我被子舔我被子消化我，我在被子的羊水裡練習蝶式，濺起薔薇的浪花。我全身光溜溜。被子很軟，軟得讓我的皮膚自慚形穢。被子有種味道，溫暖的味道，清潔的味道，像國小時暗戀的女孩在我的耳際輕輕敲一枚發光的三角鐵。竟然要離開這樣子的被子出門去，我的五臟六腑都在怒吼，它們朝我丟擲杯盤，恐嚇我如果現在真的要出門的話，它們要在我三十五歲的時候集體罷工。

「三十五歲？」我對胰臟說：「那不就是後年。」

「對呀！」胰臟氣得全身發抖：「怕了吧！」

從窗外看出去，天空幾乎全黑了。對面的房間仍是暗的。庭院的水銀投射燈，照亮了一束雨的偏執。是下雨了。塑膠的棕櫚樹也淋著雨。它開心嗎？像這樣子的問題，我並不知道答案。窗玻璃很冰。手掌對我說這件事。手掌的聲音，在一間舞蹈教室中閃躲滿地的圖釘。內褲也是冰的。褲子也是，還有襪子。這也太巧了點。

鑽入計程車。計程車在這場幾近無聲的雨中穿行，彷彿農民於肉身朽壞後，魂靈仍回到昔時的田地默默耕作。台中港路右側，KTV、酒店、MOTEL的招牌燈影宛如一艘艘火焚的船，被無定向的夜之水流拖曳，旋繞復又徘徊，讓這路上每個注視者用舌根或臼齒勉強壓抑住的慌張感滲出汁液來，無論他們有沒有家。安全島種植黑板樹，各式各樣的光源飛打在上頭，樹像裹了粉，像炸過，又冷掉了。濕漉的路面光照後油彩晶亮，車子的行進似乎只是畫中的一道筆觸，是一抹、一點勾勒。

中港路幾個路口，商務大樓往往把朝向往來車流的窗面出租給廣告商。老少兩名男子款款深情相望的，賣的是錶；年輕女孩臉半遮口罩，眼神惶恐，賣的是英語教學；一隻昂首挺立在盒裝威士忌旁的雀鳥。廣告皆是巨幅的，大約總有十幾層樓高，布幔覆蓋住無數窗格子，做了切割，因此大樓內辦公室裡的人們仍是可以開窗的，若只有一兩扇窗開，不至於壞了廣告的畫面，然而幾次來台中路過這邊，從未見窗子開過。或許是中央空調已經十分普及的緣故，廣告內容有可能從牛仔褲更替為3G絢彩手機，窗戶卻仍然是平齊地緊閉。

停紅綠燈時，運將隨著音量低微的廣播歌曲抑抑哼唱的，是洪一峰〈思慕的人〉。火車站前冷冷清清，幾朵傘在廣場。車站外廊，靠近馬路那側已然陳舊的象牙白樑柱邊，警察以戒備的觸鬚朝周圍旅客試探款擺。

到了忠孝路，路的兩邊是些賣吃喝的攤子或店家：排骨便當、彰化肉圓、無刺魚肚、廣東粥、烤肉、蛋包飯……。下雨天，賣甘蔗檸檬汁的攤子索性不營業了；連鎖調飲店還開，裡面兩個工讀生甩著雪克杯嬉鬧，我經過時，那不鏽鋼材質、魚梭造型的杯具正刮著銀光，於半空脫序翻轉。一兩間賣衣服、賣唱片的。裝潢循極簡主義風格的牙科診所。土魠魚羹攤前，婦人彷彿是顧攤子顧得無聊了，乾脆雙手搭著檯子，身前拱，翹起臀上下地抬腿。一間店面裡面擺滿了夾娃娃機，我貼著扎滿雨珠子的窗玻璃，看那長方形鑲貼軟式燈條的機具內的玩偶，有海綿寶寶，也有派大星。喔喔喔，是誰住在深海的大鳳梨裡？

運將問：「你是不是要來吃那家蚵仔麵線，很有名，常常客滿。」「不是耶，我來吃什麼耳垂湯的，你有聽過嗎？」「那個喔，老攤了，通常只有在地人才會去吃。」「是喔？」「但是今天下雨，不知道有沒有開，因為沒有店面。」「是喔。」「專程來吃的？從哪裡來？」「台北。」「坦白講啦，」運將笑：「個人意見啦，我是覺得沒有好吃到值得專程從台北下來吃啦。」「真的喔。」坦白講我也這麼認為。車子拐入忠孝路邊的巷弄。前方不遠處榕樹下一個小攤子昏黃燈亮。

她在攤子邊。她看我下車。她嘴裡叼著熄滅的香菸，雙手插在牛仔褲的口袋裡，拱起肩膀，一副要揍人的樣子。我走向她，她的髮尾濕濕的，淋了雨了。她穿得不夠暖，一件長袖毛襯衫、一件看起來跟蛋殼差不多厚的深藍色毛背心，咖啡色的卡其布料外套。我穿羽絨登山外套，還是覺得冷，不知道她在想什麼，會堅持在下雨天出門喝耳垂湯的人的腦袋我本來就沒抱太大期望。「很冷齁？」我問她。「遲到了你知道嗎？」她嘴裡仍舊叼著香菸，說話時菸身上下晃蕩，像在指揮一個交響樂團，我四下環顧，沒有彈琴的、也沒有拉大提琴的，只有我而已。「塞車。」我說。「騙鬼嗎？」彷彿為了取暖，她原地跳了跳，這時候，本來倒掛在她輪廓深刻的眼睛下方的蝙蝠群，便刷然地飛散。於是我又看見她那不協調的像奶油蛋糕的抹痕般的小巧鼻子。

走近攤子，老闆招呼：「坐喔。」他看起來比我在網路上看過的照片年輕：圓臉、細眉、嘴唇有肉、理三分平頭，額頭上綁了條白色毛巾。他有穿鞋子。黃色雨鞋。老闆從攤子支架上用鐵絲綁牢的盒子中抽出幾張面紙，遞給她。她接過面紙，有些手足無措，老闆說：「頭毛啦，頭毛攏濕去了。」

榕樹下的這攤子。榕樹是長在一戶宅子的院落內。非常茂密的榕樹。假如以樹的主幹為圓心畫一個圓代表樹冠遮蔽的範圍，圓的直徑大約有七公尺。宅子的青石牆上密密撒著碎玻璃，細看之下，大多數玻璃的銳角，都已經被時間的工匠銼得彷彿植物初冒的芽般柔。宅子荒暗淒冷，巷中的街燈觸摸不到它，只能約略拓出魚化石般的輪廓。攤子是輛台車，四根鐵柱搭起一頂遮不住多大風雨的尼龍布棚子。從不知何處牽來的電，供應了比土芭樂稍大的電燈泡，近聽時，燈泡嘶嘶作響，彷彿是一尾警覺的蛇伏在光的核心處向來客打量眺看。麵鍋水煙蓬鬆地湧冒。攤子只兩張桌，六塊凳子。網誌上敘述：人多時，客人們就克難地蹲在路邊，就算是大老闆董事長也一樣。有人回應：「就是要蹲著吃才好吃。」

老闆擦乾被雨濺濕的桌椅，說：「本來是沒打算要擺。雨下這樣。」她拉著我坐。屁股冰涼涼的，像坐在貝多芬的眼神上。「怎麼還是來擺了？」我問。「要過年了，加減賺。」「呷蝦密？」老闆指節敲了敲一塊大紙板，像是用紙箱裁成的板子，上頭的字曾經糊過，然後用黑色簽字筆塗得更深。賣幾樣東西而已：大滷麵、菜頭湯、貢丸湯、耳垂湯、乾麵。我最想要吃的火烤起司牛肉堡這裡剛好沒賣。「妳想吃什麼？」「一碗耳垂湯，一碗乾麵。有沒有小菜？」「沒有捏小姐，歹勢啦，今天沒傳。」「那這樣子就好，你咧？」她轉頭問我。「跟她一樣。」我對老闆說。「要不要來碗大滷麵？呵呷。」他建議，我搖搖頭。

桌子類似麻將桌：四方形，摺疊式的。小時候，有個阿姨家中便擺了兩張那樣的桌子。母親帶我到她家去，把我扔在電視機前，他們幾個大人就無暝無日地打起麻將。我的口袋中，有母親給的紙鈔，肚子餓了，就自己到公寓外的店家解決。他們只吃泡麵和事先煎好的水煎包、蘿蔔糕一類食物。當時除了卡通，我還看不懂多數的節目，只覺得光影迷離，有催眠效果，常常不自覺就睡著了，入睡前，聽見的是搓牌的粒脆鍊鎖聲，醒來時繼續聽見的，也常還是那種綿延的聲音，好像世界本身毫無變化，而睡著了的我，則是獨自去了一個幽微冥漠的所在。我撐起身子，頭探出沙發的靠背，盯著客廳那端因為窗簾緊攏而日光燈尖銳曝曬下，母親那張專注凝神的臉，我的同行之人。

她將老闆給的面紙抹了抹頭髮，揉成一丸，擱在桌上，像個句點。看著那丸紙團，我幾乎要以為自己可以回旅館繼續看搞笑綜藝秀了。她說：「靠，真的冷斃了。每次回台中，就會有個錯覺，覺得這裡一定比台北溫暖，每次都被耍。」「所以妳是台中人？」「是啊。大學才到台北讀。」「嗯。」我點頭。「你呢？」她撕開衛生筷的封套，隨手用麻油罐子壓著。指頭似乎沾上了滲漏出來的油漬，她把面紙丸重新攤開，擦抹，印下一塊淺褐色的痕跡。「我一直住台北。」我說：「台北縣，三重，淡水河邊。」「看得到河嗎？」「國小之前還可以，雖然遠遠的，但是看得到沼澤地還有河面，」我也撕了雙筷子：「好像是我升上國中之後，那裡的河岸就都蓋滿比我們家的破國宅還高的房子了。什麼景觀別墅之類的。」

一陣的鍋鏟交擊。炒蝦米與肉絲的氣味湊近桌前，隨即被夜風攜遠。她望向攤子。快炒時瞬間迸發的火光，荊棘般刺上她的臉。「這是乾麵的料嗎？」她問。「不是，」我告訴她部落格上看來的資訊：「是用來調味湯的。」我彷彿背誦課文：「先將蝦皮、蝦米、肉絲、香菇還有蔥末爆過，加醬油、醋調味，拌勻了再入湯，湯的顏色才會好看。」「會好看嗎？」她皺眉頭。「我也覺得還好耶，就看起來濁濁的。」「如果是像餃子水那樣的湯，清清淡淡的，什麼料都沒有加，好像也很好喔。」她說：「以前我爸很愛喝那種湯。其實就是煮水餃煮剩的水。然後變得我也好愛喝。但是我媽很討厭喝那個。她有時候會故意在裡面加蛋跟玉米，或是把剩菜丟進去，我跟我爸看到這樣，就會同時哀號。我媽很喜歡看我們哀號的樣子吧我猜。」

「妳媽很妙。」我隨口回應。「她很有趣，她很愛吃我跟我爸的醋。其實他們感情才好。」她脫下卡其外套，捲成一個長條，圍在自己的脖子上，像圈了隻眼神渙散的蜥蜴。「我記得還好小的時候，他們帶我去滑草，你有滑過草嗎？台灣現在已經沒有滑草場了對不對？總之那是一大片好遼闊的草地而且風好強好大，陽光把草烤得有種焦糖的香味，」她停下來喘氣，繼續說：「然後我們到了那邊，我爸跟我說，想不想賺零用錢？我說想，他說，那妳現在滑下去，再把滑草車牽上來，這樣算一趟，一趟我就給妳十塊錢。我高興極了，立刻趴在滑草車上俯衝下去，滑下去的時候好過癮，覺得血管裡流的好像是檸檬汁，全身酸溜溜輕飄飄的，可是走上來就好辛苦，因為要拖著車子，那台車子幾乎跟我一樣高耶。反正我就這樣來來回回滑了好多好多趟。」「妳真是愛錢耶。」我取笑她。「貪吃嘛。」她吐舌頭：「一想到可以去買芒果青、梅心糖、七七乳加巧克力我就沒辦法抗拒耶真的。」

「我一直以為我爸是為了要給我零用錢才想出那個點子的。可是後來長大一點，我才頓悟，他根本就是為了想跟我媽獨處，談情說愛，不想被我打擾，才想出這種卑鄙的方法把我支開的嘛。真是太過分了。你不覺得嗎？」老闆從像裝魚的厚保麗龍箱子裡取出鐵盆，掀開布巾，俐落抖出了麵團勾在左手掌上，開始撕捏著小塊的麵皮再甩入沸沸揚揚的湯鍋中，動作很快，彷彿不這樣子，麵團就會揮發成雲似的。「還好啦，」我笑著說：「至少有賺到錢了嘛。」「我才不稀罕。這未免也太不誠實了吧，」她支著下巴：「他可以直說嘛，我很明理的，而且我最討厭當電燈泡了，只要直接跟我說，我就會乖乖縮到一旁畫圈圈，絕對不會出聲。」「說不定他們是想看著妳玩的樣子。」我說。「才不是，」她斷然否定：「他們是想要沉浸在兩人的甜蜜世界裡。」

起鍋前，老闆朝碗公裡抓了些切絲、丁塊，撒入已經轉文火的湯鍋裡。「可是說真的，我很喜歡看他們那樣。」「哪樣？」她哈哈大笑：「就是有點肉麻，旁人看了會覺得有點噁心的相處。」她笑的時候，原本是有點倒八的豎眉，會先悄悄上揚成水平，然後傾斜成坡度和緩的八字眉。「情人節的時候，我爸竟然還送我媽金莎耶，金莎耶！真是夠了，又不是國中生。」「說不定妳媽愛吃。」「她才不愛。她只喜歡酸的東西，蜜餞啦、棗子啦什麼的。明明就是我爸愛送。」「真好。」我說。「是不錯，看我爸這麼幼稚，我就會想，長大似乎也不全然壞。」

湯上來了，裝在暗紅色塑膠碗裡。老闆左右手各扣一碗，咄咄兩聲，擺在我們面前，沒多說什麼，轉身走了。她雙手貼緊碗腹：「好溫暖。」

湯煙微微，像是不經意聽進去的話。湯色接近乳白。所謂的耳垂真的就是麵疙瘩，夾起一顆來擱在湯匙裡細審，左看右看，實在不覺得像耳垂，說是兔子或福特九九年最新款的休旅車我還覺得比較像。或許是因為對這個世界，我並沒有足夠寬容的想像力。她喝了口湯，好滿足的表情，湯似乎很美味，只見她舔了舔嘴唇，連續又喝了幾口。老闆送來醬料，兩個碟子，醬料紅紅黑黑的，像替鱷魚看牙的醫生在喉嚨裡瞥見的景象。啊——（拉長音）。嘴巴再張大一點。對，就是這樣。忍耐。啊——（拉長音）。喀嚓！「好喝嗎？」我問她。「超好喝的，好甜的湯。」她問：「你幹嘛不喝？」「我想等它涼。我很怕燙。」「你是貓嗎？」她撈起耳垂，先在邊邊咬了一小口，確定是食物而非礦石或橡膠之後，就整顆耳垂吞入嘴巴。不久，「媽呀好燙，」她把耳垂吐出來。那塊耳垂於是有了兩排深深的咬痕，漂浮在湯裡。

「怎麼那麼燙？」她抱怨。「沒有人這樣吃的。」我說：「就像沒有人用吸管吃麻辣鍋。」「屁啦，我就認識一個人，他用吸管吃麻辣鍋。」「誰？」「他叫王大明。是我高中同學的表哥。」「最好是喔。」「這種冷得要命的天氣喝這種熱湯最棒了你不覺得嗎？」她又撈起那顆垂垂斷矣的耳垂，學聰明了，先咬一半。「大概吧。」我心裡想的是：這種冷得要命的天氣，躲在被窩裡喝冰啤酒、看電視才是最棒的。「義大利有個作家，叫卡爾維諾，寫過一本書，書名是『如果在冬夜，一碗湯』，你有讀過嗎？」「沒有。」我搖頭。我不喜歡看小說。「很好看你一定要看。」「是在寫什麼？」「你看了就知道了呀。你去書店問，跟櫃檯小姐說你要找這本書。」「喔。」「什麼書？」她考我。「《如果在冬夜，一碗湯》。」我回答。「作者呢？」「卡爾什麼的。」「卡爾維諾。」

我喝了口湯，湯裡隱約有番茄的酸，但是看不到一絲番茄的影子。然後是大骨的甜味，和香菇那種嚐起來總讓我感到彆扭的泥土的澀味。湯裡有幾段菠菜，我把菠菜挑起來吃掉，感到二頭肌與背部肌群漸次鼓起，像大力水手卜派。我想我必須要趕去拯救奧莉薇了。湯裡有芹菜切丁、蔥末、肉絲。少許耳垂上黏了海苔。我先將芹菜蔥末撈盡後一口喝下，再用筷子掘起海苔，收集在湯匙底部，用同樣的方法吃光。「你在幹嘛？」她問。「先吃配料。」「可是人家會這樣弄，不就是要你吃耳垂的同時，也能吃到其他東西嗎？你這樣子根本就是辜負人家一番苦心。」「嗯，」我說：「可是我一次只能專心吃一種東西。就像有人一次只能專心做一件事。」「怪。」她下結論。

乾麵是豬油的香，白麵，頗有嚼勁，無奈卻撒了我討厭吃的紅蔥頭，沒辦法只好一一挑起來，挑的過程中，麵漸漸涼了，拌個幾下再吃，因為怕咬到沒有揀乾淨的紅蔥頭，乾脆大口大口連嚼都不嚼就囫圇吞進去。她放下筷子，笑著說：「我都不知道寫美食報導的人是這樣子吃麵的。根本沒有品嚐嘛。」「真的不行，」我喝口湯：「小時候我曾經跌進裝滿紅蔥頭的水缸裡，還好有個勇敢的小朋友拿石頭把水缸打破，才得救的。」

醬料很辣，有股酸嗆。耳垂的表面軟綿綿的，似乎入口即化，然而繼續咬探，舌頭卻覺得碰到乾燥、硬脆的內裡。以為是沒有煮熟，剝開來研究，拿筷子戳一戳，確定是熟的。我喜歡這樣的層次感。網路上沒有寫到這一點，有可能是大家都忽略了，當然也有可能是最近才有的改變。耳垂沾醬吃，覺得就像是邀請愛爾蘭的踢躂舞團蒞臨我的舌頭公演。貴賓席票價是四千八，持信用卡有折扣。她問：「你是不是很常在外面吃東西？」「對呀，」雖然在表演時說話是不禮貌的，我還是回答她：「從國小開始就幾乎都在外面吃，一直到現在。妳怎麼會知道？」她拿筷子指著我：「因為一般不常在外面吃飯的人，多少會把自己奇特的飲食習慣隱藏起來吧，不會像你這樣挑東挑西的，根本就是任性，好像把外面當自己家一樣。你說不定還會像好萊塢明星那樣點menu上沒有的菜。」「這倒是沒有。」「但是你是那種只吃餡然後把肉圓的皮偷偷丟在桌子底下的人吧？」「妳才是那種吃薯條只吃番茄醬不吃薯條的人吧？」

「可是你家為什麼沒有煮？」她撈起最後一顆耳垂，擱在乾麵碗裡，讓它吸收滷汁，再以筷子分成幾塊。「就沒有煮。」「你爸是做什麼的？這可以問嗎？」她看著我。「就上班族。」「那你媽呢？」「也是。」我回答。老闆拉了張椅凳，擺在巷子裡榕樹蔭遮不到之處，仰頭天寬地闊地抽起菸來。「所以他們都很忙？」「很忙，」我說：「我每天早上六點就要起床幫他們刷牙，不然他們上班會遲到。我說C，他們就迷迷糊糊地跟著我說C，像照相時攝影師會要求的那樣，我才比較好刷。」「哈。哈。哈。」她冷笑。

「事實上是，」我頓了頓：「我爸在我國中的時候就不見了。」「不見了？」她試圖要戳起耳垂的碎塊，但是耳垂很滑，幾次都失敗了，她只好用湯匙鏟。「對。妳想知道為什麼嗎？」「說吧。」她聳肩。

「有一天，我記得應該寒假剛開始沒多久的時候，我那時候升國二。快過年了，我媽去了迪化街辦年貨。我爸突然找我去放風箏。妳知道在新莊那邊的河濱運動公園，現在整理得很漂亮了，綠草如茵的，可是一、二十年前完全不是那樣的，根本就是條灰色、看起來髒兮兮的小河，野草蔓生，河床上佈滿大小不一的石塊。小時候我爸常會帶我去那邊放風箏，因為那裡的風強到詭異，耳邊聽到的都是草被風撕得咻咻作響的聲音。不太需要跑，只要注意放線，風箏就被拖得老高，簡直就像是鯊魚群在搶食。在那裡放風箏，唯一的缺點就是要擔心扭到腳。所以我爸總是先讓風箏盪得遠遠的像張郵票之後，才把提線交在我手上。」她專注地聽著，只偶爾喝口湯。

「我很久沒跟他去放風箏了，所以很高興。雖然裝得不在意、甚至有點厭煩的樣子。那天的風也一如往常，吹起來鞭痕般燒，而不是涼。我爸開始跑，跑遠了，又折回來，手拉線，觀察風箏的動向。風箏飛得很好，一層翻過一層。我也觀察著風箏。後來他可能撞到了什麼特別兇猛的風，被風給叼走了。他離開地面，手裡仍拉著尼龍線。我看見了。他臉上沒有痛苦的表情，只是欲言又止。他似乎也想讓情況好一些，於是牽起一塊石頭的手，那塊石頭又牽起隔壁的石頭的手，這樣子連下去，轉瞬間變成一長線灰灰的石頭珠串。河邊的石頭全部都消失了。後來那線珠串也消失在我的視線中。過了好久，我聽見第一顆石頭落水的聲音，從遙遠的天空墜落，砸進河裡，發出好大的撲通聲。然後是第二顆石頭、第三顆，全部的石頭都砸進河裡，都發出撲通的聲音，我的耳朵痛極了，但是沒辦法，就算摀住耳朵，還是聽得一清二楚。撲通。撲通。後來我只好告訴自己，那根本不是什麼石頭落水的聲音，那是我的心跳。」

她沒有接話，默默吃完了麵碗裡的耳垂。我還剩下一顆。她問：「你還要嗎？」「妳想吃就夾去吧。」她於是舀走了它。我低頭喝湯。湯碗什麼料都不剩了，正當這樣想時，卻撈到了幾瓣剁細的黑木耳絲，原來似乎是沉澱在碗底的，放入口裡嚼，不太有咬物的實感，只覺得黏溜，在齒縫齒槽間滑閃，忽地又斷成了幾截。我記起從前讀過的故事：木耳是樹木的耳朵，木耳所聽見的，就化為年輪。當木耳被人摘去，年輪逐漸淡褪，成了空白失憶之樹。我告訴她這個故事，她放下正就口的湯匙，滿不在乎地問：「除了這些虛構的東西之外，你到底敢說什麼？」

結完帳，跟老闆道了謝。他喃喃自語：「我看我好來整理理ㄟ，轉去早睏早有暝。」雨似乎停了，還窸窣滴下竄入我的頸間的，是被榕樹層疊的葉子濾過之後的舊的雨水。她往巷子更深處走去，我跟著她，不知道她要去哪裡。她走得慢，閃過幾窪浮貼了碎葉的積水，腳都踏在乾燥處。眼前是間小廟，廟門深鎖，門上兩尊加官進祿門神，其中一位手裡捧了隻鹿，鹿低垂著頭，神情看來像是在湖畔飲水般自然，彷彿未曾意識到自己身在何處。廟外有張石桌，桌上鑿刻象棋棋盤，散立幾塊大石充當椅子，她選了個坐下：「怎麼樣？耳垂湯好喝嗎？」「還OK吧。耳垂比想像中硬，像是聽慣了雷聲的耳朵。」

「你的報導應該可以寫得更好了吧？」她點燃菸。「怎麼可能？」我說：「寫完就懶得改了啊，妳沒看我連相機都沒帶。」「你很誇張，怎麼沒被fire？」我想了想：「有些地方是這樣，妳只要不要朝主管扔手榴彈，就不會被fire。如果真的扔了也沒關係，代表妳根本不在乎了。」「我真的很高興我不是你的主管。」她取下吃麵時一直繞著脖子的外套，重新穿上。卡其外套的布面爬滿皺褶，她穿著它，像是她才剛從滾筒洗衣機裡逃出來。遠方大路的街聲，在這深巷底聽，像鳥的影子、事件的轉述。

「國中的時候吧，」她的指尖，在石刻棋盤的凹槽間行走，遇見直線與橫線的交會處就轉彎，隨意地改變方向，沒有一定的規律：「我很喜歡班上的一個男生，我最喜歡做的事就是捏他的耳垂。」「是喔？」「嗯。所以下午的時候聽你說耳垂湯，就想，哇，好懷念哪。」「妳直接把他叫出來捏不是更快。」「早就不知道他去了哪裡了。」她的聲音聽起來像蟬蛻下的殼：「他的耳垂很冰喲，我不知道一般人的耳垂是怎樣，但是至少比我的要冰得多。夏天的時候捏他的耳垂，真是棒呆了。」我哈哈大笑：「妳根本是在說刨冰嘛。」

「可是除了冰之外，他的耳垂也給我一種很特別的感覺。」她瞇起眼睛。我看著她的手指，在棋盤之間停止了行進，接觸到桌上的菸盒，立方體的邊緣無端浮現，手指停留在那邊。「什麼？」「我一直沒辦法形容那樣的感覺是什麼，但是我記得。我記得的是感覺的整體，雖然它沒有名字，我在心中默想、追憶，直到心痛，然後知道自己還記得。」

她揉了揉鼻子：「大學吧，大概大三的時候，我一個人到埔里附近徒步旅行，走到一間學校外面，那時候是暑假，正中午的，操場裡沒半個人影。有個天橋，我坐在階梯上休息，喝水，覺得很安靜，什麼念頭、慾望、累全都沒有了，我只是在那邊而已，像碰巧的，剛好被放在那邊。之後我繼續走，好像經過了椪柑園、灌溉的水門、整片都是墳墓的山坡。邊走著我就想，剛才的感覺好像什麼，想了老半天，就想起他的耳垂。就像那樣。我整個人震了好大一下。捏他的耳垂時，總讓我覺得自己是剛好在那邊的，既沒有來的目的，也絲毫不會思考接下來要去哪裡，是安安靜靜的純粹。」

「越坐越冷。」她起身，帶我回到忠孝路。路上人多了起來，雨停後出門覓食宵夜的一對對情侶，閒散地晃，穿的是居家的棉褲與拖鞋。賣章魚小丸子的肥胖男子正在逗女兒玩，手裡釣提著什麼，要她跳起來搶，女兒很瘦，似乎弄不清楚父親的遊戲規則，只是反覆推擠父親的腰，或是拍打他的肚子。艷妝的女子端正地捧著自己的憂愁，與我們擦肩而過。我們潛入另一條巷子，沉默地在舊社區曲折縈紆的心事之間行走，看見了風景。風景的特徵，溶解於風景中，彷彿它們的存在，是為了要我們忘記。

在國光路口，她陪我等計程車。我們眼前是大學早已熄燈的校舍，隔著馬路，視線划過成排小葉欖仁與楓香做夢的水域，墨黑的樓房建築像是自高空垂降而下的幾具船錨，固定住夜色的挪移。氣溫更低，她縮著身子，嘴裡叼著點燃的菸，好像整個人就只依靠那一點微光，才圈畫出了站立的形狀。沒有什麼人車了。隔壁條街，便利商店的自動門開開關關，滴漏叮咚的響音，固執而持續。看著車來的方向，她說：「很奇妙，從那次旅行之後，只要我想起他的耳垂，就會想起埔里的鄉間，那天的太陽，汗水的黏，還有安靜。或許再過不久，我想起他的耳垂，同樣也會想起今天晚上，今天晚上的冷，湯的味道，還有醬料的辣。」她深呼吸：「還有雨。」

來了輛空車，我們沒有出聲，讓車子開過去。咳嗽。她接著說：「我有時候會覺得，自己是為了一而再、再而三地回到最早捏他耳垂的時間中，才甘願活著、長大，然後來到此時此刻。每一次的回歸，就像我不斷創造新語言，去表達同一樣東西，有時候說得好，有時候說得壞，但是沒有關係。只是因為我想要活在能去說那一樣東西的生命裡。」

她將一直把玩在掌心的香菸盒子，裝入外套胸前的口袋，再慎重地別上銅釦，於是我想，這個夜晚，這樣子的等待，都彷彿有了隱匿的、安適的去處，就像萬事萬物都曾經如此希望。

她說：「你是不是忘了什麼？」「狗，」我回答：「妳還沒告訴我狗的種類。」她搓搓自己的短髮，笑著說：「其實我也不知道是什麼種類的狗耶，因為鏡頭很遠，狗看起來小小的，而且畫面一閃而過，根本就看不清楚。」「什麼顏色的？」「黑色。」「牠在哪裡？」「在一個山丘上。山丘下面是個城鎮。」「在幹嘛？」我追問。「在聞東西吧，」最後她說：「在找著什麼，我猜。」

計程車的運將是我爸，他變得很瘦，用吸塵器把肉剔掉的那種瘦法。他認不出我了，流過而洗入他的眼睛的，是車道的分隔線與交通號誌，咻咻咻地洗入，彷彿風在撕草。我伸出手握住他的耳垂，他驚恐地看著我，良久，然後用力將我的手拍落。

只是因為我想要活在能去說一樣東西的生命裡。我靠著椅背，突然間，發現自己無法遏止地恨她、恨今晚的湯的味道在口腔中膨脹，令我作嘔。

回到旅館，又泡了個熱水澡，邊喝啤酒。睡了個好覺，醒來時是九點多。我劈哩啪啦著拖鞋到一樓lobby旁的餐廳吃早點：火腿三明治，黑咖啡，一顆剝了殼的水煮蛋。水煮蛋困在瓷碗裡，看起來柔嫩無依。落地窗外，是放晴了的明晃街景，往來車輛宛如陽光的冰刀，迅速地滑過了，在我看不見之處施展俐落的八字形迴旋。一群高中生，四個人，穿著制服，說說笑笑地經過窗前。九點多，他們不知道還在外面幹嘛，總之不關我的事，總之他們笑得像全台灣的學校都在一夜之間被小仙女變成了聖誕樹。看到他們的笑讓我心情大好，我喝乾最後一滴咖啡，進房整理行李，順便上網把昨天下午亂掰的耳垂湯報導msn給主管。

在統聯車上，我想起狗。黑色的狗，在山丘上聞東西。山丘下面是城鎮。我的腦海中慢慢有了城鎮的樣子，因為狗下來了。我看見人的腿，狗在人群間穿梭、閃躲。狗所帶給我的，並非關於其他世界的充實、理解或體會，而是無終盡的悲傷。我睡著了，做斷續的夢。我夢見自己踩到一個人的水管，他對我咆哮，很生氣的模樣，順著水管蜿蜒的線條看過去，他正在替旅館庭院裡的那株棕櫚樹澆水。我被手機簡訊聲吵醒。主管傳：「你那什麼爛報導！網路上抓的吧！」我笑著想：「妳真不愧是專業的，有妳的。」車過苗栗，天色轉陰，窗上飄來點滴的雨，一開始只有三滴，我將它們連成花束、連成帽子，後來雨滴多了起來，我便放棄玩這個遊戲，只心滿意足，被眼前的複雜徹底擊潰。

預感

幾個星期前，H深夜接到一通電話。對方是打到他家裡來，而不是手機。深夜響起的家用電話總讓H驚懼。

當時，他正蜷縮在被窩裡，就著床頭那盞昏黃而嗡嗡作響的檯燈閱讀。他讀的是維吉尼亞．吳爾芙《海浪》的中文翻譯本。很久之前他手邊就已經有這本書，然而卻一直沒有讀。《海浪》的封底寫著：「維吉尼亞．吳爾芙賜給了我們靈魂的一生。」

那句話是出自約翰•雷門的著作《吳爾芙》。「比從前任何一部作品更完整地，維吉尼亞賜給了我們靈魂的一生，剝去了阻礙或者模糊這個靈視的任何事物。」

H曾經相當敵視靈魂這個詞彙。因為他認為，倘若有天他自殺了，靈魂必然會背叛他渴望消亡並與此世斷絕任何關係的意志。承認靈魂存在，等於是在宣稱「我」這個自殺行為的決定者，透過自殺這個行為，唯一能終結的就只有決定者而已。如果生命所有劇痛，都源自我們以靈魂之名所指涉的奇異場域，然而靈魂卻又無法做決定、無法抗議，那麼，這個想像中的互動歷程，便是全然建立在錯待上。如此想來，to be or not to be，就成了毫無意義的問題。無論死生與否，只要一個人仍然信仰靈魂，他將在兩邊都找不到真實的可能，而成為如魍魎般的東西。電話響起時，H思考的事情大致上就是這些。

電話響了十聲左右，然後停了。房間霎時變得安靜。H的心臟激烈跳動，因為每陣尖銳拔高的鈴聲，對他而言都像禮物緞帶，他怕自己一拆，盒子裡就跳出什麼不幸的事情來。「還能有什麼不幸的事？」他自問自答：「還有。」有些朋友，他替他們擔心。有些親人老了。他覺得隨時會失去誰，都不是件奇怪的事。起身走到窗邊，H看見對街藥局的招牌還亮著，黃色燈光朦朦朧朧，那塊長形的壓克力看起來像是著火的船帆。春末夏初的雨，從傍晚開始下到現在。H聽了一會兒雨聲。

第二次電話響時，H衝出房門，很快接起電話。

「喂，你知道我是誰嗎？」

H立刻反應過來：「陳明凱。」H認得他的聲音。陳明凱是H幾年前在台北讀大學時的同班同學。

「嘿，抱歉那麼晚打給你。因為我之前有打好幾次你的手機，但是你好像換手機了嘛，都打不通。我也有打到你家，但是你家人都說你不在。」

陳明凱開始同H閒聊起來。起先H相當生氣，他認為無論再如何想跟朋友聊天，也不應該在凌晨一點多打電話到對方家裡，但隨著陳明凱特有的慵懶而低緩的說話語調，H也逐漸放鬆心情，與他談起未見面的這幾年間的變化。

H跟陳明凱當時都是東吳大學哲學系的轉學生。陳明凱原本唸的是建築，H唸外文。他們倆會熟起來是因為都喜歡打籃球。哲學系男生很少，好像也都不太熱衷運動，連系男籃都組不起來。H和陳明凱常下了課就到籃球場跟陌生人組隊打鬥牛，除此之外，兩人的生活沒有多大交集。H打完球就窩回租屋讀書，陳明凱則溜到室內體育館玩那些訓練肌肉的健身器材。

有次打完球，兩人脫了鞋，腳浸到外雙溪裡乘涼。外雙溪水不乾淨，很多漂浮的垃圾，有泡沫，也有油污。黃昏的微風吹乾他們身上的汗，也吹響河岸翠綠的長草。靠近學校後門的音樂系館傳出練琴的聲音，幾個小節幾個小節循環反復，像搜索者逼近的迴圈。中山北路兩側，店家陸陸續續劃亮前燈，夜光將溪水的流速調轉為極慢，接近停格，宛如果凍。陳明凱說：「很久以前，我聽人家說『讀書是種偷懶的行為』。」「嗯。」H回答。他只想吹風，休息，不想討論問題。陳明凱繼續追問：「為什麼？」H聳肩，沒說話。

陳明凱幾乎不讀歐陸哲學家的書。他拿詮釋學、現象學一點辦法都沒有。期中考前夕，陳明凱把現象學講義湊近H的鼻尖：「你可以告訴我這個到底是在講什麼嗎？」發考卷時，陳明凱拿了二十分。H則是連考都沒有去考。他不再進教室了。

系上陳明凱唯一喜歡的科目是邏輯。H跟他去中影文化城隔壁的漢堡王吃飯，點了餐等待的時候，陳明凱在餐巾紙背面作數理邏輯的演算。H看著他像孩子般沉浸其中。

H不再去上課的前一天晚上，他留在學校跟同學討論語言哲學分組報告。餐廳裡熱熱鬧鬧的，桌子擺滿汽水炸雞薯條，氣氛很歡樂。每討論到一個段落，H就站起來走到操場抽菸，發發呆，看看少得可憐的星星。他帶著書，是他當時花了很長時間閱讀的小說。抽完菸，讀幾行句子，再踱回餐廳。沿路，走廊瀰漫福利社麵包店烤香蒜吐司的味道，像密徑交織，在人的食慾沼澤內穿錯。熱音社學生以大音量播放Linkin Park，重低音撼動門板玻璃，H伸手去摸，感覺共振的質地溫暖地通過指尖流入身體。

陪伴H抽菸的小說中的主角是美國人，十幾歲跳級大學唸化學系，因為認為自己問的問題已經觸碰到科學的邊界，學校又沒有辦法回應他的問題，所以他放棄學習，到印度去。他在印度的大學聽課，感覺失望，於是又離開印度，參加韓戰，而後回美國。他到學校教修辭學，並開始試圖探索自己以良質（Quality）為基礎的形上學思考，這過程中，因精神崩潰而被迫接受電療。治療結束，他失去了許多之前的記憶，只留下大量哲學筆記，是由「之前的他」所寫的。

「最後有人告訴我：『現在你擁有一個全新的自己。』……他已經死了，他被法院的判決給毀了，讓他從腦部導入交流高壓電。大約連續二十八次，每次零點五到一點五秒，用的是大約零點八安培的電力，就這樣在科學儀器的使用下，完全不著痕跡的把他消滅了，從此也產生了我們之間的關係。」

「……我怎麼會深愛這一切卻又瘋了呢？……我不相信！」

故事始於精神崩潰的多年後，主角與兒子的一趟摩托車之旅，橫渡半個北美洲，共十七天。主角的這趟旅程，H認為，並不只是在追蹤或拼湊「之前的他」。雖然小說的敘事軸線似是如此安排的。

那天晚上H在操場抽最後一支菸，讀到的最後一個句子是：「路上是一片漆黑，我必須打開頭燈才能順利在雨和霧中行駛。」H有隱約的預感，覺得自己無法在這所學校繼續讀哲學了。

H還是去學校。去圖書館借書，去籃球場打球。陳明凱知道H再這樣下去會被退學，但是他什麼都沒問。H後來才知道陳明凱也想離開，陳明凱也有自己的難題。將近兩個月的時光裡，H成天耽溺於這樣的幻想：殺死自己。

期末考前夕，陳明凱跟H坐捷運從士林出發，去了趟北投。他們先在士林吃生煎包，進怡客咖啡的吸菸室灌了冰拿鐵，上車，到北投後陳明凱帶路，拐入巷子喝碗滋味普通的豆花，然後就回士林，各自坐不同路的公車回家。這樣無聊的行程，陳明凱卻從幾個禮拜前就不斷打電話給H敲時間，一次次提醒他不要忘記。

寒假，退學通知單掛號到台中家裡。H的家人相當震驚，逼著他解釋。H說：「哲學太難了，我讀不來。」這是真話，H沒有說謊。陳明凱寄來e-mail，信上說他辦了休學，三月要入伍。

H想起陳明凱唯一跟他討論過的哲學家的書，是沙特寫的《嘔吐》。H沒讀過這本書，他靜靜聽陳明凱談他的心得。他們坐在籃球場邊，剛打完幾場鬥牛，累極了。陳明凱說：「我真的可以體會那種噁心的感覺。」H轉過頭看陳明凱的臉，說不上來是喜歡他算數理邏輯時滿足、專注、像孩子般被保護著的表情，或是此刻這張迷惑而無防備，彷彿隨便什麼昆蟲的停落都會使他觸痛的臉。

雨時而纖弱時而激昂的深夜，H仍在電話中傾聽陳明凱。陳明凱退伍後到搬家公司上班。「你記不記得我們剛認識的時候，我開玩笑說要去搬家公司打工？結果我找工作時找到一家叫誠品物流的公司，我以為是誠品書店，去到那邊才知道是搬家公司。」H笑著說他記得。當時兩人都不認真的，可是話好像就被命運聽去。

「後來做了兩年多。結果去年過年因為一直加班，幹真的累到了，又跑回學校唸書。」「唸哪裡？」「東吳啊。」「哲學系嗎？」「當然還是哲學系。」陳明凱回答得篤定。「我現在邏輯已經讀到很後面了。」「是喔。」H不知道很後面是什麼意思，因為他對邏輯的理解，只停留在準備轉學考時所讀的那本教科書上。「你知道Frege吧？」「嗯，聽過，但是不知道他是幹嘛的。」「反正現在就在讀Frege還有羅素，然後去研究所旁聽遞迴理論的課，Gödel的不完備定理你有聽過嗎？」「沒有。」陳明凱花了很長的時間向H解釋什麼是遞迴函數，什麼又是後設邏輯中的可被決定性（decidability）概念。H全然無法理解。

H有些內疚地對陳明凱坦白：「我已經很久沒有讀哲學的書了。」「感覺得出來。」陳明凱問：「那你這幾年都在做什麼？」想了想，H說：「回來台中讀大學。上課花了我很多時間。然後就寫寫東西，工作。」陳明凱問H關於寫東西的事：表達、構思，還有為何而寫，H都三言兩語帶過，並非不想說明，而是H覺得，有些事情他自己並沒有真正想清楚。像為何而寫這樣的問題，H可以舉契訶夫的短篇小說《苦惱》或莒哈絲的書《寫作》來回答，那些是H會認同的回答，卻不是源於H的回答。

「我現在學的東西，已經不是那時候在維根斯坦讀書會的時候，好像有點懂又好像不是很懂的那種程度了。」陳明凱突然說。H苦笑著回說：「是喔。」那時在東吳，系上老師申請到國科會經費，辦了為期一學期的後期維根斯坦讀書會，地點在研究室，時間是每個星期三晚上七點，與會者有便當吃。對維根斯坦感興趣的是H，陳明凱則是被H哄去的。「有超豪華便當耶！」H還記得自己是這樣慫恿陳明凱的。讀書會進行到九點，然後陳明凱陪著H坐在校園黑暗角落抽菸，聽H發表意見。陳明凱提及的這段往事，讓H難為情。

陳明凱說：「我好像可以真的開始做一些哲學的工作了。心裡很踏實。」H聽著，彷彿是陳明凱如今在門內了，而H卻仍在門外。他既無法進門，也捨不得就這樣掉頭走開。如果有音樂。他還想伸出手來摸摸門，感覺共振的溫暖。

時針朝「2」挪移，兩人沉默著。「你現在還好嗎？」陳明凱問。「什麼？」「我是說……心情上。」「啥？」陳明凱深呼吸：「學期末不是約你去北投吃豆花？我那時候一直有個預感，覺得好像沒辦法跟你去了。好像你會出什麼事一樣。」「怎麼會。」H說。「你現在還會想……算了，」陳明凱說：「沒事。」隔了許久，H回答：「不會。」

H不知道陳明凱是如何猜想或感覺到那兩個月裡鮮明地盤旋在他腦海內的念頭，因為他自認外在行止一切如常。或許的確像陳明凱所說的，是預感，而預感沒有成真。

掛上電話後，H走到陽台，盯著遠方雀巢咖啡的巨幅廣告看板發呆。幾年來，H不知道對著這幅廣告想了多少心事。那紅色咖啡杯上的三道煙還是一樣的，一樣的白色燈泡拼貼、一樣虛假難看、一樣的扭曲而不會有任何人當真，卻在這善變的城市近乎奇蹟地繼續冒著，毫不冷卻。H聽見窸窣竹枝擦動的聲音，轉過頭，是騎在掃把上的女巫，悠緩如夢遊地從巷口飛來，經過H面前，視若無睹，搖搖晃晃斜斜升高，往火車站的方向蕩去。

幾個禮拜後，H生日，為了慶祝，他下課便跟女友到文心路中港路交叉口的愛買買食材，預備做晚餐。女友家離那邊很近，他們散步過去。連日的梅雨那天好不容易停了，陽光飄落，像桃花心木的種籽般旋轉了好久，才從雲的隙縫降到地面。他們沿大容西街走。大容西街與東街之間，夾著一條寬約五公尺，高約四公尺的排水渠道，渠道邊緣鄰近馬路之處鋪了人行道地磚，馬路的另側，則間隔地種著榕樹和柳樹，樹下幾張老舊沙發，吸足了水氣，頂出朵朵色澤妖艷的蕈菇。就在抵達大墩二十街要右轉時，H分神看了看一條街的距離外，渠道涵洞下方有團黑色之物，像是垃圾袋，也像是眾多樹枝卡在那邊動彈不得。H突然閃過這樣的念頭：「那說不定是屍體。」

H又想：「怎麼可能？大白天的，又在車來車往的中港路旁，如果是屍體早就被發現了，哪裡輪得到我？」「如果真的是怎麼辦？」另一個聲音希望H前去確認：「說不定是屍體在呼喚你，他希望你去發現他。說不定他呼喚了很久了，只是都沒有人聽到。」挽著女友繼續往前走，H對另一個聲音說：「就算他在呼喚我又怎樣？叫他找別人，少來煩我。」

愛買的熟食區人聲嘈雜，四處是攤販爭著顧客注意：滷豆乾在特價、雞爪買三送一、豬排便當四十元、買羊肉爐送燕餃……。H接過來瓶蓋大小的塑膠杯，喝了杏仁茶，馬上又有個婦人遞給他竹籤挑著的山藥抓餅，原先是想悠悠哉哉逛逛看看，怎知稍不注意就忙碌起來，似乎手不夠用，耳朵眼睛鼻子也有些應接不暇。幾個頭戴白色高帽子的西點師傅吆喝著推銷新產品芒果麵包，他們聲音洪亮，表情生動，手掐麵包擺弄的模樣像鬧布袋戲，H饒富興味地瞧，等著史艷文出場，卻是一個爸爸肩上的小女孩先被師傅的粗嗓門嚇哭，只見幾個大男人亂了方寸切芒果扮鬼臉瞎哄，小女孩卻是更無節制地號泣。H早把屍體的事忘了。

他和女友買了可頌麵包，轉至冷凍肉品區挑了牛排，隨手揀幾顆富士蘋果進提籃，再晃到賣腳踏車和登山用品的地方，對著壓根不會想買的摺疊腳踏車、造型千奇百怪的登山枴杖品頭論足一番，說說「媽呀這枴杖是要給綠巨人浩克用的嗎？」「嘿妳看這腳踏車摺起來可以放到鉛筆盒耶。」之類的話，才甘願到櫃檯結帳。結帳的女人面容肅穆，她按下刷條碼的光槍，嗶一聲，彷彿爆破了大樓。

手裡提著購物袋，回程路上，H什麼也沒有想。已經是黃昏了，黃昏的空氣聞起來就有種令人什麼都不想多想的倦意，像難以抗違的生物時鐘。遠遠地H就看見大墩二十街和大容西街交界處的橋面擠滿圍觀群眾。H快步走向他們，將女友甩在後頭。溝渠底下，四個整齊穿戴頭盔面罩救生衣的壯漢抬著擔架，緩緩朝H與眾人所站立的位置走來，擔架上想來就是他早先所看到的黑色之物。「那個一定死了。」群眾裡有人如此說，聲音輕佻得宛如司空見慣。「怎麼了？」女友問。H搖搖頭，拉著她繞較遠的路回家。

整頓晚餐H都心神不寧，只是縮在電視機前幾台新聞來回地轉。他看到唯一一則與此有關的報導是台中縣一名女子溺水身亡，家屬懷疑死因不單純。「怎麼會是台中縣？」H暗自納悶：「應該是台中市才對。」僅跟女友簡單提及附近那條大排水溝發生的事，H沒有說自己在走過橋面望向涵洞時內心聽見的聲音。

夜裡，躺在床上，H失眠了。他在想下午的事，想此事對他的意義。他並不感到恐怖或哀憫。真正壓迫著他的強烈感覺是絕望。

因為H假設靈魂並不存在，死後什麼都不會留下，不會有意識、意志，或任何感覺思維的承載物在肉體敗毀後繼續；沒有來世、輪迴、死後世界。「唯有拒絕相信靈魂的存在，我才會覺得活著這件事尚堪忍受。」H反省到這一點。而下午的事之所以讓H感到絕望，正是因為整個巧合使得H「靈魂不存在」的信念有些動搖。

H扭開檯燈，隨手抓了張活頁紙進行分析：

一、靈魂不存在。我在橋上聽到的聲音只是我自己的預感，或者是我將過往經驗與眼前景象所作的連結，畢竟我的確在國中還住河邊的時候看過浮屍，當時給我的震撼相當大。

二、靈魂存在。我聽到的不是自己的聲音，而是死者魂魄的呼喚。

三、靈魂不存在。我聽到的是某種磁場和我的意識間的震盪。

盯著自己以歪曲字體寫下的第三點，H啞然，像是目睹了一場微型的、荒謬的思想鬧劇在眼前發生：為了拒斥某物的存在，而引入比某物更難以理解的東西替代。就如同中世紀神學家為確保上帝的全能而消滅「惡」的概念，代之以「善的闕如」一樣。H揉掉紙。

H想為此事寫下小說。他想打電話告訴陳明凱這件事，將要寫下小說的事。

坐在書桌前，H開始寫。他寫下維吉尼亞．吳爾芙，寫下陳明凱深夜的來電，寫下台北租屋冬天的冷，而他抱著自毀念頭取暖的每日每夜。他也寫下那名精神崩潰的美國人。他手邊沒有他的書，因此很多想要引用的句子只能憑記憶湊。寫了幾個小時，窗外天已微亮。

H赤裸上半身踱到陽台抽菸，他看見雀巢咖啡的廣告看板上站著幾個禮拜前曾經飛過的那個女巫，遠遠地，只有模糊的輪廓，H卻知道是她。她在施法，雙手像指揮家般點舞，三道白色燈泡偽裝成的煙刷然熄滅。H很樂，跳高喊她。H的喊叫聲引來樓下房東飼養的黃金獵犬一陣狂吠。女巫聽見了，跨上掃把，朝H騎來。

她靠近時伴隨叮叮叮叮清脆的響音，原因是她將三只海尼根的綠色瓶子用粗麻線綁著，吊在掃把前端。她帥氣地一躍而下，卻撞翻了H心愛的彩葉芋和山茶花盆栽。「唉呀！」她咒罵，隨即打了個酒氣沖天的嗝。「什麼事？」她兇巴巴問。「沒事呀。」H抓抓臂膀，突然覺得好癢。「沒事幹嘛……痾……叫我？」她又打嗝。她似乎喝得很醉了。「我沒叫妳，」H否認：「只是打招呼而已。」女巫翻白眼：「你在耍我嗎我要生氣了！」說著便從背後抽出短短的細木棍——木棍前還黏著用啤酒瓶蓋壓成的星星——「巴啦巴啦～」她唸著不知道的鬼話，然後「變！」好大力把木棍敲在H頭上。

什麼事都沒發生。既沒變青蛙，也沒變鴿子。H有些失望。女巫趴在陽台欄杆上，嘴裡叼著從H的菸盒裡取出的Marlboro。H著迷地看著她的側臉。她長得不好看，短頭髮，黑髮，可能是常常在空中飛來飛去又沒有好好保養的關係，所以髮質很糟。她不像圖畫書中的女巫有尖下巴，她的下巴圓圓的，雙頰鼓鼓的，塌鼻子，這三點元素組合起來，使得她有種被寵慣了的小孩的氣質，但是她卻又有雙與此很不搭配的眼睛，蒼老的眼睛，彷彿是於水晶球裡讀取了太多人世間難堪的秘密。她穿鐵灰色帽T，K-Swiss的黑色運動長褲，她沒穿鞋子，光著腳丫，她的右腳背上沾了一片黑板樹早夭的嫩葉。

H等她把菸抽完，然後對她說：「ㄟ，沒變成功耶。」她沒回頭，只說：「白痴。」「妳不是會法術嗎？」H不服氣。她將菸蒂扭插進花盆裡，那株是H逛了三趟惠文花市才好不容易買到的，寶貝得不得了的石斛蘭。「你想想，」她伸懶腰：「如果我又會飛又會法術的話，波音七四七豈不是很可憐？」H想反駁：「但是波音七四七可以載兩百多個乘客。」算了，H問：「那，那是怎麼回事？」指著已經不再發光的咖啡廣告招牌。她說：「我只是算準了它熄燈的時間呀，是電腦控制的嘛，每天關電源的時間都固定。如果你想的話也可以上去變法術變到你開心為止。」

她倚牆坐下，垂著頭，像快乾枯的植物。「要不要喝綠茶？」H問。「有沒有啤酒？」「沒有。」「什麼家庭嘛。」她咕噥。

H從冰箱拿出罐裝綠茶，替她煮了手沖咖啡，磨豆子和煮開水花了點時間，又到房間套上T恤，走到陽台時H發現她睡著了。H搖她，她醒來。在她張開眼睛到眼神恢復成深沉的蒼老之間，H覺得，有彷彿零點零幾秒的剎那空白，太短暫了，因此H想那必然是幻覺。「咦有咖啡耶，真好。」她捧著杯子，小口小口啜飲。兩人各自又抽了幾根菸。浮貼都市天際線遊幻不安的紫綠橙光，正逐漸脫離雛鳥之翼般潮濕而蜷曲的狀態，開始有輕度的竄動、試探，然後彷佛無可抑制的本能醒覺，光在飛升，徬徨，飛升。羽翼撲動的風壓颳沉了停泊海濱的積雲，也吹亮了台中市H家陽台角落裡一面從未被注意過的蛛網。

「肚子餓了，」她拄著掃把站起來：「走吧！去吃早餐！」「怎麼去？」H問。「當然是我載你去呀。」H看了看她吊在掃把前的海尼根空瓶，說：「啊不然還是看約在哪邊等，我騎摩托車去好了。」「少囉唆。」她跨上掃把，拉住仍原地遲疑的H的手往陽台外斜刺而去，暴衝之力瞬間拋起H，她放手，H墜落，她表演華麗特技般向下翻滾兩圈半正巧讓H跌坐在掃把竹桿後端。「好痛！」H咬牙：「坐到那裡了！」「誰叫你。」她冷冷說。

他們在中港路上空，朝沙鹿的方向緩慢飛行。疼痛消遁後，H胸腔幾乎要被感動脹裂地俯瞰眼下因視點的陌生化而綻放炫目神采的尋常街景，一切都不同了，他原本常於停紅綠燈時發呆任憑腦袋空轉的街口，如今自空中看去，彷彿是被周圍的巨廈船艦所夾逼的貧弱海域，車輛如竄逃的魚般溜過，鐵殼背鰭反射晨光，在H融化流淌的起司視線刮下痕跡。微風輕拂，風中有鳥類的絨羽，植物的葉與花瓣，以及向著他們迎面撞來的大塊大塊閃耀剔透冷寂的藍。

飛過新光三越了，H第一次看見這座繁華消費宮殿所頂戴的后冠，是個樸素的灰白色平台，上頭規律排列數十組長方形馬達機具，機具與機具間有靛青鋼管連接。「跟我想像中的不一樣。」H說。女巫隨風炸開的短髮搔得H好想打噴嚏。「你想像中的是怎麼樣？」「很空曠荒涼，像半台車都沒有的停車場，或是像漂流的冰山。」「你在形容的是自己的心吧。」女巫轉過頭來取笑他。「看前面啦！」H大叫。「又不會撞到小狗。」女巫回應。

女巫加快速度，飆掠過台中工業區，底下整齊規劃的方格內簇擁連綿的鐵皮屋頂海，於高速疾飛之一瞬，甚至來不及湧喚起風切過的碎浪。到東海牧場森林邊緣，女巫才減速，並將飛行高度降至林冠上方約兩公尺處，他們聽見林間馬賽克裝飾畫般色彩斑斕的潔亮鳥鳴，也感覺風在蓬鬆枝葉間蛇過，像被窩裡的遊戲。

「我以前在工業區上班。」女巫說。H驚訝：「真的假的？」「真的呀。我們全部的人大概有三十個，分成兩組，一組負責摺紙盒，一組負責把別的部門送來的ＩＣ板裝進紙盒。」「我不知道女巫也要工作。」「你沒看過《魔女宅急便》嗎？就算是裡面的魔女也要工作不是嗎？更何況那是卡通而我可是活生生的人耶，總不能叫我每天喝老鼠尾巴的湯吧。」「可是，」H說：「她們做的都是跟自己天賦有關的工作呀，例如算命、藥劑師或是透過飛行來送快遞。」

女巫繞了個彎，飛到東海湖上空。從H的角度看，東海湖的形狀有幾分像《歌劇魅影》中那名絕望歌者的面具。「我們那三十個人，三十個女人，有的研究所畢業，也有國中補校畢業的，每個人都有自己的天賦呀，沒有人的天賦是適合把ＩＣ板裝進紙盒裡的，也沒有人生下來的使命就是為了要在悶熱的狹窄隔間裡摺一模一樣的紙盒摺十個小時的。」

他們棲停在可以遠眺路思義教堂側影的鳳凰木枝椏上休憩。H使勁推揉大腿內側。生殖器好像已經痛到快斷掉而麻木無感了。方才痛覺必定只是被初次飛行的亢奮給壓抑。女巫長吐一口煙，枝葉間滴漏的日光光點在她面孔，在她胸前，被煙霧粉妝成迷幻紫紅的遐想。草坪上，教堂靜靜矗立著，像雕塑，凝結了所有不能言語的時間，小小的羊蹄甲樹也在草坪上，離他們要更近些。H離開東吳，轉學至這所大學讀書後，幾次想進教堂參加禮拜，想親身感受他人所言的，置身教堂內部，視線隨曲面薄牆顫巍巍上移至屋脊如線般的天窗而激切體悟到神聖之確存。要體悟此事是否真如此簡單，H總懷疑別人誇張。如今都大四了，H仍是沒有踏入過教堂。

「你知道工作最慘的是什麼嗎？」女巫問。H搖頭。「就是我們不是分兩組嗎？這兩組的人不是固定的，而是要輪調的。今天你摺紙盒，明天就換成裝IC板這樣。最慘的是我常常在摺紙盒的時候羨慕裝IC板的人，在裝IC板的時候又羨慕摺紙盒的人。我總是帶著憤怒摺紙盒，心裡想著我要忍耐，我要忍耐，到明天就換我裝IC板了。可是一到明天，換我裝IC板了，我又恨透了裝IC板。」「你不覺得很慘嗎？」她再次問，H沒有回答。他悲哀地想，這無非就像死亡常被稱之為解脫，生者往往欽羨死者；而將死之人又未嘗不於孤危彌留之際傾全心渴盼已逝歲月的復返。

「妳在工業區待了多久？」「三年多。」她說：「直到前一陣子金融海嘯，我們廠裁了將近二分之一的員工。沒被裁的也有很高比例是放無薪假的。他們連守衛都裁了，你能想像嗎？

整個工業區簡直像空城。」「所以妳也被裁了？」「我沒有喔，」她笑：「我是屬於放無薪假的。真搞不懂那些人怎麼會天真到以為讓女工放無薪假之後她們還會回去上班？她們好多人可是如果這個月沒領到錢，下個月全家要怎麼過活都不知道耶。無薪假個屁，一群白痴。」

她張開雙手，在僅腳掌寬的枝上芭蕾舞般迴旋，H擔心她會摔落，卻又不敢靠近她、守護她。H厭惡她為何要如此逼迫他顯露懦弱。樹下，晨練的籃球系隊男生們三三兩兩經過，一律背心短褲，小麥色肌肉薄薄綵著汗光。他們似乎還練得不過癮似地追逐笑鬧，沒注意到她和H。女巫喊：「嘿！嘿！同學～同學～看這裡！」男生們都傻了眼：「靠！」「太屌了！」「他們怎麼上去的？」「是不是拍電影啊？」七嘴八舌討論。更有人拿出手機猛拍，H連忙遮住臉，女巫卻大大方方比YA。「給他們看點更刺激的。」話未說完女巫便老把戲跨上掃把斜衝出去拋起H再接住，更半買半相送般緩速低空悠轉一圈，才疾迅沿文理大道飛離。

飛離前，H瞥見拍照的男生驚嚇地掉了手機。所有人都凍住了。「妳很愛現耶。」H搭著女巫的肩說。「哪有，」女巫說：「我最低調了好嗎？我只是想要提醒他們，他們不是活在二度空間裡面。」「他們都知道這件事吧，他們是籃球隊的耶，不知道這件事要怎麼灌籃？」女巫噗哧笑：「看他們的樣子最好灌得到喔。」

文理大道兩邊是木造舊教室。「從前的文學院」在那邊。現在的理學院、農學院、景觀學系都仍是在那邊，陪伴著老建築。建築兩進兩進相對合成口字，口字中間綠草地上植栽菩提杜鵑阿勃勒。H還記得，他曾經於假日校園靜謐無人聲的午後時分從這兒路過，看見那棵阿勃勒樹正在跟一個穿吊帶褲的小男孩玩。阿勃勒將金黃色花瓣混同陽光拋灑而下，小男孩合著掌捉，他轉圈輕躍幾次摔跤了也不哭，又興沖沖彈起柔軟靈敏的身軀，似乎每次都準確地撲住了花瓣。

女巫徘徊於古色古香農學院石瓦屋簷一角，兩人都聽見風鈴鈴音，細細碎碎，彷彿逆風撒開拼圖片，撒開的同時也安息了心底追索完整的執著。「你們學校真是太美了。」她低聲說。「妳怎麼知道這是我的學校？」「預感。」女巫回答。

文理大道盡頭是圖書館。「我想去借一本書。」H敲敲她肩頭，她降落，兩人用走的，走到門口才發現原來是暑期修館日，關著。H仰起頭，注視圖書館前庭挑高天花板下燕群穿飛，衝隱形的浪。周圍樟樹林的淡淡氣味，聞來令人熟悉，也令人如初乍見般驚喜。「走吧。」H說。「你要借什麼書？」「就一本書。」「廢話喔你。」她皺眉。

沿圖書館外牆梭巡，女巫找到一扇未關的氣窗。「嘿，你從這裡爬進去，把書偷出來吧。」「我不要！」H大力搖頭：「我再去台中圖書館借就好了。」「怕什麼呀，反正等開門你再把書拿來還就好了嘛。這樣又不犯法！」「哪裡不犯法了！」H抓頭：「妳到底有沒有法律常識啊！」「至少不會被綁在柱子上用火燒死吧。」女巫向他眨眼。

書架築成的幽靜長廊盡頭時而有發亮的影子閃過，像是嗜讀的靈魂在躲避生人的呼吸，也像捉捕繆思的詩的步履。H彷彿不欲侵擾正在作夢的圖書館般，取了書便急急拉女巫走。

「好像進到了鯨魚的胃裡。」女巫發表她的圖書館之旅感言。「什麼意思？」H邊翻開T恤把書藏進褲頭邊問。「很暗。沒有光。潮濕的空氣。裡面有一架鋼琴，我彈了郭德堡變奏曲。」「然後呢？」「什麼然後？喔，然後空氣沒了，我就睡著了。」「什麼鬼？」女巫空中大幅度左右擺晃蛇行，搖響了啤酒瓶子。

「我們要去哪裡吃早餐？」H問。「去清水！去吃好好吃的筒仔米糕跟大滷麵。」「那麼早有賣這些東西嗎？」「有呀！那攤很帥的，從六點開到十點就收攤了。你們年輕人是不是滿腦子只有麥當勞？」「哪有。」朝左看，龍井鄉火力發電廠的四根煙囪，突出在一片灰藍背景裡，修長啞白，彷彿海明威筆下老人曳回港邊的巨碩馬林魚脊骨。火力發電廠再過去就是海了。

「那妳接下來想做什麼工作？還是真的等著回去摺紙盒？」H問。「我還在想。」女巫悄悄降落清水火車站附近的窄巷內。兩人步出巷子，「還要走一段路。」她說。「為什麼不飛去？」「就說我很低調。」其實哪裡來的低調，她提著長柄掃把滿頭亂髮光腳丫眼神裡有肅殺不合時宜的秋氣，他則短褲T恤，因久坐竹桿而走起路來無比扭捏。怪異的組合。計程車運將打墨鏡後頭瞄了瞄他們便率性馳過，連招呼的喇叭聲都懶得敲。

街道上的商店多半還沒營業，只有便利商店的叮咚聲頑固地響。網咖也開著，低胸遊俠裝束的辣妹人形立牌，腰際勾掛彎刀，手擎搭箭長弓，不知道在瞄準什麼，往箭所指的方向看去，H只見到天空。網咖內空間不大，座位幾乎全滿，人人神情專注一如垂直水面的釣線。米行的鐵門是拉下的，布行也是，「老字號電器行」也是。「為什麼電器行要強調老字號？又不是賣吃的。」「或許裡面只有賣黑白電視吧。」女巫回答：「拿來看卓別林的默劇，效果真是棒呆了。」

國泰民安紅燈籠隨風晃，經過福德祠，H發現一大早來拜拜的多是衣著光鮮的OL或業務員，他們三三兩兩聚著談天，像是等候電影入場。廟門口賣玉蘭花的婦人正在朝淺盤內添水，十多只塑膠紅盤，盤裡鋪對摺厚紙巾，置花五、六朵，亮的水，亮的花，女子持壺的手始終穩穩的。花的香氣勾動H小時候暈車的痛苦記憶。

女巫說的攤子在廟後榕樹下，老闆是個滿面鬍渣的肥胖歐吉桑，短褲，四處破洞的白色汗衫兩點深褐色激凸。赤腳，跟她一樣。攤子油髒，客人食過的碗筷隨意堆疊在地上。遍地被踏成粉末的榕樹果實和乾掉的灰白黑鳥類糞便。原是令人反胃的環境，生意卻出奇好，客人或站或蹲，或席地而坐，不時得揮手趕蒼蠅。H往別人捧著的碗裡窺探，實在探不出何以如此吸引人的端倪。「好噁心的感覺。」H在女巫耳邊說。「吃就對了，管那麼多。」她點了大滷麵、紅糟肉湯、米糕。H毫無食慾，只點了湯。「幹嘛點那麼少？」「我可能還是適合麥當勞吧。」女巫搖頭嘆氣：「沒救了你。」

H討厭薑，紅糟肉湯撒滿薑絲，H撈了幾塊肉吃，喝口湯，便抽起菸來。對街有個仙草攤，全無生意，頭髮花白的老伯坐在板凳上搧蒲扇，面容空茫，像三魂七魄被自己搧去了極遠的地方。H走向他，叫了冰仙草兩碗。老伯原來在聽廣播說書，聲音來自不比皮夾大多少的電晶體收音機，音質清晰，說的是廖添丁傳奇。廖添丁劫酒樓，掌櫃佯裝去內室取銀兩，卻是暗暗給日本警察撥了電話。後來呢?H感到興趣。但他轉身，拋下故事走了。

女巫已喝完湯，正在挖米糕。「這裡還有仙草。」H說。女巫滿眼笑意，很滿足的樣子：「你人真好。」「不要隨便發卡給我。」H咧嘴。「你知道上面這個粉紅粉紅的醬啊，聽說是用鳳梨、蘋果跟番茄調成的甜辣醬耶！超好吃的。」「聽妳在鬼扯。妳為什麼不乾脆說那是鵝肝醬?」「鵝肝醬哪裡有這麼好吃！要我吃鵝肝醬我寧願吃瀝青。」兩人閒扯著。白日悠悠，陸續又來了幾組客人，有坐計程車來，打著洋傘彩繪水晶指甲貴婦般的，也有情侶捧著湯碗就在小五十機車上摟摟抱抱你一口我一口餵對方。附近學校鐘響，旋律轉瞬即逝，未消逝的餘音卻讓H感覺像有雙大手，將他眼前的景物，將說著話的她、攤子、板凳上老伯以及濃墨樹影都密密兜攏在掌心。H想這時光如此親密。

這時光如此親密，像在哪裡經歷過。腦海裡有微物在扎，隱隱作痛，卻尋覓不出確切位置，也無從打撈起，難以辨析是記憶或虛構，只感覺扎痛的真實，也只能透過痛去推敲微物的存在。若有人駁斥H「痛存在，微物卻不見得。」如十三世紀William of Ockham所堅稱：解釋現象時，「除非必要，不可增添實在。」H思索，我是否就放棄去描述它，轉而將目光移至痛覺？痛卻是游移而不安分，像流浪馬戲藝人，沒有歸宿，只有陣陣高潮，散場後撤帳拔營的空虛。

「吃飽了。」她說，搶著付了帳，便與他乘掃把原地騰空而起。H還依稀聽見老伯收音機傳來義賊飛簷走壁而日警莫奈之何的振奮情節。老伯沒瞧見他們。或許瞧見了也未必感到驚異。聽多了廖添丁了，人家輕功憑的可是內力。

回程H遠望最後一眼清水平原。架高的國道三號下稻浪平疇無邊無際，路面車來車往，卻只有南北兩個方向。

「我以前在工業區上班的時候好愛去剛剛那邊吃東西。」「是喔。」「嗯。有時候上大夜班到早上六點，就跟同事幾個瘋女人騎機車飆過去，明明愛睏得要命，可是坐在路邊吃碗大滷麵，又整個精神都來了。然後跑到梧棲的錢櫃唱歌，歌沒唱幾首，就每個都在包廂裡睡死了。」「妳跟同事感情很好嗎？」「很好呀我們。除了偶爾誰跟誰鬧鬧小脾氣，不然簡直像一家人。怎麼說呢？好像有種革命情感，只是我們對抗的不是什麼權威之類的，而是生活本身。」「什麼意思？」「生活是很難很難的。日常的生活最難，你以後就會知道了，或許等你不愛吃麥當勞以後吧。」「什麼嘛。」「我還記得有次一個同事被倒會了，以會養會的，她一直哭一直哭，哭了兩天，邊摺紙盒邊哭，好奇怪她邊哭紙盒卻還是摺得漂亮。我們大夥兒硬湊了幾萬塊給她，她不收，幾天後就離職了。我們好傷心，像打了敗仗。」

「剛剛那邊，你不覺得很自由嗎？坐在路邊，無拘無束，天寬地闊的，好棒！然後呀，無論你是什麼王公貴族，來就是得坐路邊，不然就站著，沒得商量也沒有特權，不覺得很平等嗎？再加上我對美食的博愛，簡直就超有法國大革命精神的耶！」H被她逗笑，笑彎了腰，險些就把圖書館偷來的書給摔掉。H伸手撈回書本，風飄擊書頁，獵獵如旗。

「你那什麼書？」「小說。」「寫什麼？」「我也不知道。」「那你借屁啊？虧我還為了你生平第一次當小偷。」「就是為了要搞清楚才借的嘛。」H說。

再度飛過工業園區時女巫說：「你看這下面一格一格的灰格子紅格子，每一格裡面都有很多人，可是用飛的就看不見他們了。」「就算看見了又怎樣？」「就可以認識他們，然後一起坐在路邊吃米糕呀。」「這樣有啥意義？」「你有天會懂的。」「會嗎？這也是預感？」「沒錯。」女巫點頭。

他們在筏子溪上空，左手邊是虹揚橋，右手邊是荒地、廠房和畸零的稻田，田邊枯樹立滿白鷺鷥，遠看像葉子，葉子離枝，又自動飄回來，彷彿在開大自然的玩笑。他們的倒影貼著平靜無波的河面，被草纏住，忘了前進。水流過他們的倒影，持續地從中帶走一些什麼，又帶不走一些什麼，最後留下來的他們不知道是什麼樣子。

回到陽台，H問：「要不要再喝杯咖啡？」「好哇！」女巫說：「你們家有沒有廁所？借我，我想尿尿。」H領她去，自己繞進房間放下藏在褲頭的書，又到廚房煮水、磨咖啡豆。

磨豆機刀片的旋切音，先是激動亢奮如發不平之鳴，等到豆子碎了細了，便轉低緩，而豆香四溢。H鋪設濾紙，掀開壺蓋，等待沸騰的水降至最適宜的溫度。這樣的等待既像憑經驗，也像倚仗直覺。隔著客廳，H聽見廁所窸窸窣窣的聲音。是她的聲音，有人在的聲音，日常的、生活的聲音。她說：「日常的生活最難。」H莫名地感到這樣的聲音會永恆地響下去，超越她與他的生命，超越這棟建築物的生命。H甜蜜得想哭。她踱到他身邊，看著他提松木柄鶴嘴手沖壺，正在朝濾紙上的咖啡粉不中斷地注水，劃圈。他的手總是間歇地發顫，往往嚴重影響咖啡的風味，這令他不由得想起賣玉蘭花女子。

H搬了兩張椅子，他們在陽台對坐，喝咖啡，抽菸。時辰已近中午，日頭辣烈，吊籃投下的花葉影子溫柔地撫摸她，也撫摸他，意隨風轉，最後竟被蟬鳴炸個粉碎。她說：「我一直在排斥自己是女巫這件事。我覺得那只是我的身分，那不是我。就像我常聽見預感，我知道誰誰誰會發生什麼事，我可以聽見誰誰誰動了念頭將要做什麼事。我恨透了這些。如果我把預感說出去，靠預感賺錢，例如我去幫人算命，那我不就變成吸管了嗎？有誰透過我吸了某些東西，珍珠奶茶好了，他咕嚕咕嚕把珍奶喝掉，我卻只能像笨蛋一樣感受珍珠經過，而我卻什麼都留不住。預感讓我覺得自己是空心的，很可怕，你懂我在說什麼嗎？」H回答：「有沒有可能，我們本來就都是空心的，無論是妳、是我，或其他人。我們借來一些什麼，以為那是我們的內容、那是我們。可是大家都一樣，終究什麼都留不住。」

「如果是這樣，」女巫說：「為什麼我們不直接投胎當吸管就好？還比較簡單。」「因為限量是殘酷的。吸管很搶手，大家都搶著要當，排隊都排到馬路對面了。」「那下次應該一開門就去排。」「什麼一開門就去排！」H笑著說：「別人可是三天前就去門口搭帳篷了呀。」

風搖動H家門口的楊桃樹，枝葉叢摩擦擲梭，聽起來像退潮時分海水於沙粒縫隙間消逸。H小時候很著迷這樣的聲音，他的哥哥弟弟在海邊捉寄居蟹，H獨自去追蹤那條隱密的線，沙色漸淡漸遠，彷彿海遷徙了，最後當濕暖泥沙漫至大腿，H回頭，走向他的兄弟。弟弟炫耀戰利品，如矛尖的、蛋圓的、螺旋的貝殼。「是螃蟹的家。」H沒有戰利品可以炫耀，他呵弟弟癢，逼得弟弟扔下貝殼，H趁機撿，兩人就在暮色裡玩爭奪戰。H總會把貝殼還給弟弟，因為那不是他想要的，而且弟弟太愛哭了。

「我不想當女巫。我想當一個聽不見預感的人。你想這有可能嗎？」她問。不可能。H心裡想：不可能，誰都不可能的。他伸出手握住她的耳朵，兩隻耳朵，他的樣子就像是鞭炮響了而他替她摀住。她的耳朵冰冰的。她張大眼睛看他。他們不再說話。

女巫走後，H回到客廳，感覺掌心的冰涼都化成了水。他又替自己沖了杯咖啡，然後進房間繼續寫昨夜進行到一半的小說。他偷來的書正是他在東吳時閱讀的小說《萬里任禪遊》，那個美國人與兒子騎摩托車橫渡北美洲的故事，既是思考之書，又遠遠超越，提示給H幾乎要刺痛雙目的遼闊。H將昨夜憑記憶拼湊的幾段引文改正成書中的句子。他寫到下午四點，覺得累了，睡意黏乎乎的，附著在指節。他洗了把臉，關掉word程式，登入msn，女友留了離線訊息給他，是個網址，H點進去，跑出奇摩新聞的頁面，昨天的新聞，標題是「台中市男子跳水尋短獲救」地點和時間都吻合，於是H知道自己搞錯了，那團黑色之物並非屍體。新聞寫「經初步治療已無生命危險，仍需住院觀察。尋短原因尚待警方調查釐清。」

H走到昨日聽見預感的大墩二十街和大容西街交界橋面，倚著橋的護欄發呆。太陽的威力與中午相比已經減弱許多，H裸露在衣物外的皮膚卻仍感覺灼熱。或許是徹夜未眠的關係，身體有些發燙，視線也難以聚焦，他反覆閉眼闔眼幾次，才將視域邊緣如毛邊般模糊的白光驅趕出去。附近宅院探出的山櫻蒼翠蔥綠。一、二月時H經過這邊，正值此樹的花期。滿樹無雜葉的花似乎不是湧綻的，而是如岩晶般被極劇之力擠壓捶打而凝結。H天天來，彷彿在看護誰的夢。山櫻的花期很短，好夢易醒。枝頭初發的嫩葉仍是可愛，H卻覺得那像剛醒之人的臉，有著不知身在何方的惶然怔忡。H忘不了四個整齊穿戴頭盔面罩救生衣的壯漢扛著擔架朝他走來的畫面，而擔架上是他想像中的死屍。他想那有沒有可能是自己。在東吳，在某個寒夜被他殺死的自己，漂流了幾年的光景，回來索求他的凝視，他的語言。

如吸管般，中空的。流通過死者，也流通過生者。小說的尾聲，是作者與兒子的虛擬對話。「『克里斯，不要哭了。只有小孩子才哭。』過了好久我給他一塊破布擦臉。我們把東西收拾好，然後放上摩托車。現在霧突然散去，我看到他臉上的陽光，在他臉上我看到以前從未見過的表情。他戴上頭盔，然後繫上帶子，抬起頭來。『你真的精神錯亂過嗎？』他為什麼這樣問呢？沒有！他吃了一驚，但是眼睛裡閃爍著光芒。『我就知道。』他說。然後他爬上摩托車，我們就出發了。」

那也是本復活之書吧。H心想。預感來自的地方，書寫來自的地方。這一切已經與靈魂無關。而是與靈魂所允諾的，緊緊纏繞，分不開了。

她的冬天

對她來說，冬天是來自海底的巨大生物：巨大、行動悄然無聲、而且神秘。冬天張大嘴巴，在人類毫無防備的時候，咕嚕一聲，城市，以及遠方（她想像中）休耕的田野，就滑進了它濕漉漉的胃袋裡。

多年來，她總能準確地掌握那關鍵的一瞬間，冬天將萬事萬物吞沒的一刻。

十五歲之前，她企求其他人也能了解她所能了解的東西：那種具有壓迫感的黑暗、軟而黏膩的冰冷、找不到出口，只能等著被冬天消化的無助。那一瞬間讓她窒息，讓她臉色發青，她知道自己已經在冬天的肚子裡了，上一秒鐘還是自由的，可是下一秒鐘，她就身不由己地淪為階下囚。她試著呼吸，乞求例外，可是吸進肺中的，青苔與蕨類植物的陰涼氣息，發霉的氣息，像儲藏室裡的舊雨傘，像河邊的腐木，悲慘地透露實情。

透過呼吸她知道它又來了。

悄然無聲，神秘。

幾乎沒有人類的情緒。

也不能向它求情，也無法抗議，也不能笑，因為低溫讓她形狀美麗的嘴角整個凍僵，讓她覺得自己是乾掉的水彩，她失去希望，覺得離田園風景畫好遠、離人物畫好遠、離藝術和顏色好遠。冬天讓她想把自己一分為二，一半是正在受苦的自己，一半是因為自己的受苦犧牲而得救，見到陽光的自己。

冬天讓她哲學，

冬天讓她默劇，

冬天讓她史詩與交響樂，

冬天讓她程式設計與靜坐抗議，

一切看起來是那麼靜謐而美好，但是她不快樂。

她透過花朵枯萎的窗台俯瞰穿厚大衣的行人與裸露的黑樹枝，她聽見烏鴉的叫聲和公園中央的湖面結冰的聲音，她知道自己不快樂。

不快樂，而且寂寞，這就是冬天。

十五歲之前，她還不知道寂寞，她以為寂寞是種情緒化的噪音，就像吃爆米花或者打開可樂的瓶蓋。人只需要堵個耳塞就能擋住寂寞。

然後她遇見薇亞。

薇亞在櫥窗裡種向日葵，薇亞穿好可愛的吊帶褲，露出瘦瘦細細的小腿像袋鼠，讓她有種薇亞跳很高的錯覺，讓她想找找薇亞肚子前的育嬰袋在哪裡？她以為那是花店，因為薇亞每天在櫥窗裡澆水，吹口哨。她因為向日葵而喜歡薇亞，她固執地相信向日葵能嚇走冬天，就像槍聲讓騷動的狼群肅靜。她相信的事情多半不會發生，這不能怪她倒楣，也不能怪命運的殘酷，只能說冬天的嘴巴張得比命運還大，這樣而已。

冬天再次吞沒世界的那個早晨，她很早就醒了。她把耳朵貼在牆壁上，聽見媽媽煮早餐的聲音，滾水啵啵啵地吐著泡泡，爸爸在翻早報，紙張嘶嘶作響。她的眼淚沒有聲音地流下，眼淚在粉紅色枕頭套上匯聚成小小湖泊，然後小小湖泊消失在由棉花纖維編織而成的墓園裡。她並不悲傷，她很熟練地在腦海裡想像出一把有可愛紋路的蛋糕刀，然後把自己切成了兩半。

決定留在冬天的她對決定要出遠門尋找陽光的她說：「妳一定要過得比我快樂喔！」她把她推開，像將小船解纜。

薇亞櫥窗裡的向日葵收起來了，櫥窗裡空空的，好像櫥窗在想事情似的，在想一件輪廓模糊的往事。薇亞坐在房子裡，光線的水流從屋外流進屋內，在薇亞的背影上晃出一圈又一圈的漣漪。薇亞在畫畫，畫筆在畫布上發出像手掌摩擦過草叢的尖頂的聲音。她狠狠瞪著薇亞的背影、薇亞的畫。瞪了好久，彷彿她懂得恨。

畫布上的向日葵閃耀出驕傲的光，刺傷了她的心。她第一次知道，原來不是每個人都跟她一樣被冬天吞進漆黑冷暗的胃裡，原來有人偷偷將陽光藏起來所以不怕黑，原來只有自己是等著被冬天消化的可憐蟲。她說，在薇亞的畫室裡，她說：「寂寞。」那年她十五歲。

薇亞教她畫畫。因為薇亞喜歡她，因為薇亞覺得她臉上倔強的線條和看起來很柔軟很容易受傷的嘴唇很讓人心疼，因為薇亞覺得她像是赤腳走在滿地都是碎玻璃的廢墟裡的女孩，因為薇亞覺得她看起來很怕冷跟自己一樣，因為薇亞剛好沒有學生，因為她看自己的畫的表情充滿怨恨，薇亞從來沒在任何人的臉上看過同樣的表情，因為薇亞喜歡她，薇亞教她畫畫。

「畫什麼呢？」她嘴裡咬著畫筆，問。薇亞跟她隔著兩個肩膀的距離，看著她。吹過室內的寒風凍白了她的臉龐。她還是穿著秋天的衣服，涼鞋，沒有穿厚襪子，發著抖。薇亞知道她什麼都不會畫，可是薇亞說：「妳想畫什麼就畫什麼吧。」她用力咬著畫筆，木頭畫筆上被她的牙齒啃出深深的咬痕。

她用黑色、咖啡色、灰色將畫面塗滿，塗滿一層又塗一層，心滿意足之後她就回家。第二天來，她又重複同樣的步驟。第三天、第四天、第五天、每天。薇亞將她的畫，沒有形體存在，只有灰暗顏色所構成的平面的畫掛在牆上。長長一排，像某種控訴或獨白。她的畫讓一些來參觀薇亞畫室的學生家長望而卻步，可是薇亞不管那麼多。她來之前，薇亞搬來一張紅色油漆的小板凳，在她的畫前面靜靜坐著。

因為她，薇亞覺得這個冬天比以往還要漫長、還要冷酷。大衣比往常沉重，像錨將自己往海底拉，圍巾比往常刺，讓自己心神不寧。可是薇亞勇敢地期待她。一點點蘋果綠、一滴滴鵝黃、一絲像羽毛一樣輕柔的藍色。薇亞作夢都夢見她的畫裡出現這些。

終於有天，薇亞對她說：「妳快要把我逼瘋了！」在她又畫了一張用黑色塗滿的畫之後。她安靜地收拾好畫筆，舉止優雅，從容。

她對薇亞說：「我不像妳！」她背起包包，踏著午後像蝴蝶觸角般的陽光走到門口，又轉過頭來對薇亞說：「對不起。」

薇亞心碎了，她猜。

可是，是薇亞當初說：「妳想畫什麼就畫什麼吧。」

她無法原諒薇亞，薇亞的軟弱。薇亞給了她一個美麗的承諾，然後自己被自己的承諾壓垮。

她沒有心碎。她猜。

她在冬天裡。

二十二歲了，她還是討厭冬天。

冬天對她來說並不像某些食物，我們小時候深惡痛絕，長大反而非常喜愛。

她在家附近讀大學，主修物理，參加學校的排球隊，有一群死黨。

當有人問起她討厭什麼，她就回答蟑螂跟過期的芥末醬。她不會蠢到說冬天，因為對世界上絕大多數的人而言，冬天不過是個季節，下雪稍微不方便，冷了點，然而新年跟聖誕節都擠在冬天，多麼讓人愉悅。

對世界上絕大多數的人而言，冬天不是，不是不是不是不是，來自海底的巨大生物。

薇亞依然在畫室，春天，她看見薇亞的吊帶褲，薇亞的小腿，向日葵。

她們好幾年沒有說話。

二十二歲那年，冬天來的時候她正窩在房間，聽著搖滾樂。那一瞬間，她的身體依然準確掌握，冬天的胃囊的閉塞氣味，冬天的食道蠕動的韻律。她嘆了口氣，拿下耳機，躺到床上。

她閉上眼睛，想像出那把已經使用了十幾年的蛋糕刀。

她將自己切成兩半。

跟以前一樣，留在冬天受苦的她對將要出發到遠方尋覓陽光的她說：「妳一定要過得比我快樂喔！」

然後她把她推開。

但是她這次卻沒有走。

她對她說：「我很愛陽光。」

她說：「那就快走啊。」

她說：「不要。」

她說：「為什麼？妳不走，我留在這裡受苦有什麼意義？」

她說：「可是當我在曬著舒服的陽光時，都想著妳，都想跟妳說話，我發現，如果妳不在，這些陽光對我來說都很虛假。」

她說：「哪有虛假的陽光？」

她說：「因為我記不起來。沒有妳我無法記得。」

她說：「無法記得又怎樣？」

她說：「太陽會下山啊，但是留在心裡的光線卻不會隨之消逝，這才是真正能溫暖我的東西。」

她說：「可是這裡已經被冬天吞沒了，妳留在這邊，我們兩個都會完蛋。」

她說：「不要趕我走。」

她說：「我不想死掉。」

她說：「我離開妳的日子從來不曾真正快樂。」

她說：「難道我的祝福都是狗屁？」

她說：「只要我們在一起，就可以去尋找。」

她說：「在冬天的肚子裡什麼都找不到。」

她說：「我們可以搔冬天的癢像童話裡那樣，趁著它打噴嚏游到海面上。」

她說：「妳太天真了白痴。」

她說：「妳不要否定我。」

她說：「妳太天真了白痴。」

她說：「妳不要否定我。」

她說：「妳太天真了白痴。」

她把她敲昏，她知道對她有時候要使用暴力，因為她很懦弱。

她昏倒在床上，她哪裡都不去，她緊緊握住她的手，並且因為這個冬天能跟她一起熬過去而感到前所未有的幸福，她想就算沒有光也沒關係，因為她不要再被放逐。偷偷地，她把她的蛋糕刀折斷，發出啪啦一聲的清脆響音，她好快樂，這是冬天。

她醒來之後直奔薇亞的畫室，薇亞驚訝地看著她，她則驚訝地看著牆上自己的畫，那些依舊飽含力量的過去。她衝到薇亞身邊，擁抱，兩個人瘋狂地接吻。她們一直吻一直吻，扭動著身體，在地毯上滾來滾去，終於讓冬天覺得很癢，冬天打了個噴嚏，把她們噴到海面上。

海面陽光燦爛。

洗手

一個星期天的早晨，我夢見我是海龜。醒來時，感覺肩背沉重，腹懷有卵。夢中，海是灰濛濛的，可見視線僅有幾十公分，那樣狹隘的視線之中擠滿了我的海龜同伴無聲滑舞的扁平手足。我的眼睛似乎猶是屬人類的，整場昧暗的夢，我記得我強忍著海水的鹹澀所施加於我的眼球的掏掘與責備。

我開了兩個小時的車，回到我出生的鎮去，在彷彿自給自足而與世隔絕的眷村中，我走進了那座公園。夏季的日光像是漩渦，將周遭的樹影、遊人尖叫著從鞦韆上一躍而下的拋物線，以及鄰近的中學在假日裡仍莫名地響起來的鐘聲，都吸入了一個神秘的核心。我覓了塊雕像旁的草地，就坐在那兒，抽菸，伸懶腰，看遊樂器材上吊掛攀爬的孩童，還有在一旁手持DV攝影機，表情或是肅穆，或是疲憊，或是真心感到快樂的那些大人。我發現，快樂的大人，看起來較老。而不快樂的大人，則看起來彷彿是迷路了，當他們凝視孩童，宛若是在困難地研讀以陌生文字拼寫而成的告示。

漆了白漆，而漆如今業已剝蝕的鑄鐵欄杆外頭，有幾攤小販，賣烤香腸、冰淇淋與雞蛋糕。賣紙風車，飛盤，泡泡槍。

不知道多久的時間過去了，雕像的影子耐心地挪移著，終於將我覆蓋住了，像是我的遲疑的愛人，為了要不要吻我，而掙扎了一整個夜。我閉上眼，在清涼的黑暗中，感覺到某種異樣的逼近，草莖的簌動，動物的體溫。我微瞇著眼縫，看見一個小女孩的臉孔，她的柔淨的臉，在陰影外，炫耀地刺著如松針般的，攜著植物的芬芳的亮光。她先是捏了捏我的鼻子，然後伸手拔我的眼睫毛。

我撐起身，她跪坐著，先是露出驚奇的樣子，隨即又轉變為失望的神情。在我問她「妳在幹嘛？」之前，她說：「我以為你死了。」「是嗎？」我心裡想，沒有那麼容易就看到死人的，又不是柯南。

我們並肩倚著，沒什麼話講。我看見一隻松鼠，在樟樹隱密的枝葉間，像個逆風的人那樣倉皇地站立，手裡捧著形狀像是彈殼的果實。我不想告訴她：嘿妳看，有松鼠耶！我什麼都不想告訴她。甚至於，我覺得因為她的出現，我必須變成一個更閉鎖的人，更要像個守財奴，將我的所見所聞都聚斂在自己的內心中。

她突然問我：「人為什麼要活著？」我聳聳肩，什麼話都沒有說。她裙子下的長襪一高一低的。她把玩著我的菸盒，告訴我：「我爸也抽菸。」「喔。」我問：「他在哪裡？」她指了前方，在沙池裡，有一個男的，一個女的，那是她的父母。這對父母正伺候著比我身邊這個女孩更加稚幼的孩子，他們彷彿守望天國的鐵門啞啞開啟般地，守望著那小鬼將手中的沙鏟戳入她腳邊的沙堆。

我對她說：「我要走了。」我向她討回菸盒，她緊抓著不願意還我。她很有力氣。我看著她擰著的，糾結的眉心。終於她鬆手了。她叮嚀我：「以後你死了，可不可以告訴我？我一直想拔死人的眼睫毛。」

臨走前，我到公園一角的洗手間上了廁所，尿了泡不長也不短的尿。小便的過程中，透過公廁內半啟的窗戶，我看見一輛縣公車悠悠駛近，像塊浮冰般暫泊在路邊，隨即漂走了，彷彿是那輛公車將我的小便給載走了似的，而我不清楚那車的目的地，這樣子，便感覺到了我的小便即將要開展的，不由自主的流浪，永恆的放逐。

我洗了手。覺得冷。在六月日光的曝照下劇烈發抖。我想，這是我體內的血比水更暖的緣故。如若我真是海龜，就不會有此等的煩擾了。最後一次地向那沙池顧盼，已沒有了小女孩與她的父母、她的妹妹。

開車返城的中途，我數次哀哀地想，那當下是不是就該自死在女孩的身畔，在她終將遺忘了她的心願之前，搶著滿足了她呢？

For a dead friend

不知道為什麼，當我想到他的時候同時我也想到胎兒的照片。或是當我看到胎兒照片的同時，像是打開早就不再驚奇的驚奇箱那樣，關於他的記憶就跳出來，由生鏽而被時光略微拉長的彈簧頂著，在尷尬的空氣之中搖搖晃晃。

胎兒照片。胎兒不用說當然還在子宮裡。有個模糊形狀。遠一點看或許像斯堪地半島的空照圖。當我看到胎兒照片我就想起死去的他。我總覺得他真正出生了，而我們這些還活著的人則依舊在母親的肚子裡，午後的陽光像羊水那樣暖暖地包覆著我們。

他出生之後做了什麼我無法想像。他會不會譴責我們的睡眠?或許他會像好早之前那樣，臉頰靠在啤酒罐上，印出一個粉紅色的凹痕，懶懶地說：「所以說人還是要死一次比較好喔。」

當然。

最近一次看到胎兒照片是在市立醫院的走廊上。我因為失眠了五天而去看醫生。等待的時候我邊聽mp3邊讀卡爾維諾的小說。穿粉紅色制服的護士從看診室探出頭來大聲喊我的名字，我的名字，我花了大約三秒鐘想起那是我的名字。

不用說名字當然相當生氣。

「再怎麼說我們也相處了二十五年。」名字手插在牛仔褲口袋裡，低著頭，腳尖在醫院地板上挖著不存在的洞。

「我知道。」我取下掛在脖子上的耳機，對名字說：「有些事不是我不想忘記就不會忘記的。」「忘記這種東西就像森林中的獵人埋的陷阱，總會有無辜的兔子掉進去，兔子的哭聲誰也聽不見，就這樣慢慢流血，花很長的時間死去。」

「你真殘酷，」名字對我說：「有時候我真希望我不是你。」

「我知道，有時候我也很希望我不是你。」這樣說完後我站起來走向看診室，胸前別著名牌的護士狐疑地瞪著我。

然後我看見胎兒照片，就掛在看診室門邊的牆上，那是產前健檢的海報。

醫生是個相當瘦的男人，長得有點像埃及神話裡看守地獄的狗，說不定他看過我死去的朋友。

「所以說你失眠五天了。」醫生轉動著手指上的原子筆，漫不經心地說。我點點頭。想起死去朋友的笑容。他很愛笑。他總是戲謔地嘲笑很多事，比如說高中的制服、小說作家、紅綠燈和馬戲團裡面的大象。

他的笑容裡有種亮光，他努力將亮光灑在微不足道的事情上面，即使沒有任何人領情的時候也是一樣。

「有沒有藥物過敏？」醫生問。看診室裡飄浮著影印資料的碳粉味、藥水味和護士身上的香水味。白色布簾背後藏著一張綠色床單的病床，病床上躺著全世界的孤單。

我搖搖頭。

「開些安眠藥給你。」醫生最後說。

領完一個禮拜份的藥之後肚子餓了，我走到地下室的員工餐廳吃午飯。雖然是醫院的食物，卻出乎意料的美味，而且充滿活力。茄子和竹筍像剛摘下來，雞肉的肉質也很好，那可能是一隻每天跳繩而且不抽菸的雞吧。如果我是雞的話大概就不行。

吃完飯我又想起他。他剛死的一個禮拜，我像為了補償什麼或證明什麼一樣食慾出奇的好，看到什麼就迫不及待地塞進嘴巴裡，就算吃再多東西還是覺得好餓。

我走到餐廳外面的天井，在附有菸灰缸的垃圾桶旁坐下，抽菸。我試著對自己說：「我快要心碎了。」然而身體卻一點反應都沒有。

回到家之後先洗澡，然後聽Eleni Karaindrou的電影原聲帶。〈By the Sea〉，多美的曲子。在空無一人的藍色沙灘上，我走著，每走幾步，就從口袋裡掏出顏色鮮艷的安眠藥吞下。好奇怪，原本討厭吞藥的我這次卻相當順利地把每顆藥丸送進胃裡。藥在我身體裡的海邊跟我一樣走著，每走幾步，藥就從我心中掏出一些些生命的風景吞下，將我生命的風景順利地送進沉睡的胃裡。

「睡吧。」名字對我說。它的手掌承接著我不配擁有的眼淚。一點一滴，匯聚成一條溺死過無數動物卻又依然純淨的河流。

「我為什麼常常想起他？」我問名字。

「睡吧。」名字對我說。

「你猜，他出生之後都在做些什麼？」名字突然問我。它跟我一樣喜歡著他。

我吃下最後一顆藥，對它說：「或許他都在愛著還沒出生的我們，同時又嘲笑我們。」

「我懷念他的嘲笑。」名字說。

「我也是。」我想這麼說。但是卻喪失了所有的力氣。

By the Sea。

By the Sea。

老鼠與海

0

我不知道你有沒有過這種經驗。

你長褲口袋裡有一堆硬幣（可能是十元、五元或者是數量多到令你感覺整個人的存在都沉重了起來的一塊錢），而在你眼前剛好有一個投幣式公共電話。那公共電話被漆成極不顯眼的藍色，非常適合低聲嘀咕、自言自語的藍色。當大家都在讀《槲寄生》的時候卻在牆角獨自翻破破爛爛的波特萊爾的《巴黎的憂鬱》的藍色。那個夜晚（就讓我們假定是個夜晚吧）你穿得不多也不少，大概就是灰色系毛料大衣吧，配上深色牛仔褲或西裝褲，絕對不會引人側目也無法帶給瀕死的年輕藝術家任何悸動的穿著。但是你覺得有一點冷，是那種回想個網路上看來的笑話或快跑個二十秒鐘就會忘得一乾二淨的冷。那種冷沒有引發你生理上的顫抖，只是像剛出生的透明瓢蟲那樣微不足道地停在你身體上的某個角落，甚至於你開始想，這個冷會不會只是我的幻覺。就在你正想笑自己傻的時候，你來到了這個投幣式公共電話面前。你長褲口袋裡有一堆硬幣（這個之前提過了吧），你突然湧起一股打電話給誰的衝動。

你想把所有口袋裡的零錢像復仇般一個一個地丟到公共電話漆黑恐怖的內部。

「你們就認栽了吧。」也不知道是不是因為工作壓力過大的關係，你竟然對那些無辜的硬幣們說了上面這句話。

於是你停下腳步。你可能正要回家、或者去某個服務生長得像鬥牛犬的餐廳吃坦白說來有點太晚的晚餐、也可能你要去逛書店或唱片行。

有各種說來並不讓人特別振奮的可能性。

在這些像公務機關的廁所瓷磚般的可能性被履行之前，你雙手放在長褲口袋裡，在某個或許一年後就會完全在這座島嶼絕種的投幣式公共電話前，站立不動。老實說你的側臉看起來實在有點陰險。不過幸好我知道那是因為你正在思考喔。

你想這樣子做：

（喂。）

（喂，××喔，我是□□啦。）

（幹嘛？）

（沒事啊，只是口袋有零錢，想打電話給你。）

（喔。）

（那你在幹嘛？）

（修理去年因為抵抗火星人入侵而墜毀的太空船呀。）

（聽起來不怎麼忙嘛。）

（嗯。）

（那就陪我等硬幣一枚一枚地往下掉吧。這可比什麼太空船來得重要多了。）

於是你們舒服地沉默著。

完完全全沒有稜角的沉默。像小嬰兒的睡眠，雖然說不出是什麼但確實感覺到有些東西在朝著美好慢慢長大的沉默。

你傾聽著那沉默，有種全身滑入瀰漫著暖暖煙霧的溫泉之後的放心。

終於最後一枚硬幣發出乾咳般掉落。

可是找不到喲。

翻遍了整片象牙海岸就是找不到那個名字。

找不到那個很親密的，連作夢都在想的，像星球與星球間的引力那樣篤定的名字。

該怎麼辦呢？

還能怎麼辦呢？

只好心有不甘地離開那依舊在默默讀著《巴黎的憂鬱》的藍色投幣式公共電話。

（去舔公務機關的廁所瓷磚吧。）（你自暴自棄地搖頭。）

那不是沒有朋友的孤單、沒有愛人的孤單、沒有家人的孤單。

你清楚不是這麼一回事。

（事情如果有那麼簡單的話那全世界就會開滿義大利麵店了呀。）

我不知道你後來怎麼了。

大概把零錢湊一湊買了啤酒喝然後作了好幾天不斷打嗝的夢吧。

我卻還得像個笨蛋似地寫下去啊。

（世界啊！趕快開滿義大利麵店吧！）

1

二〇〇一年九月，我進到一所說來會令人想哭的大學讀說來會令人想舉起腳來踹自動販賣機的應用外語系。這一切都是我自己選擇的。我並沒有接到說：「喂，你聽好了，如果想要你的左手臂平安的話，就照我們的指示去那所大學的應用外語系註冊吧。」這樣的電話。

一開始，那真的是什麼都沒有的大學喲。只有三棟新是新，但是就像剛從B&Q特力屋買來的組合式衣櫃然後花了一個下著雨的下午的時間終於勉強組裝完成的空洞教學大樓以及男女生宿舍。既沒有常春藤爺爺和常春藤孫子手牽著手在暖洋洋的風中高唱傳統之歌，也沒有畢業多年的學姐回來在老舊的磚房裡一邊彈奏布拉姆斯一邊想著即使是現在想起來仍然會覺得悸動的擁抱。為什麼呢？因為沒有老舊的磚房呀。一切都像剛塗上去的立可白一樣新。而且我也沒有所謂的學長姐，是第一屆的學生。

「我們的歷史要交給你們來創造。」講台上某個老師這樣說著。他真的是什麼都不懂。所謂歷史這種東西壓根就不是創造出來的喔。就像喝啤酒一樣一罐接一罐，你開始覺得臉紅，頭痛，說話大聲，甚至想起幾十年前掉在床底下的笑話一說出來果然大家都覺得好笑，然後，毫無預警，你劈里啪拉地吐了出來。連肝臟都差點滾出來的激烈的吐。歷史學家在旁邊寫：幾月幾號，幾點幾分，這傢伙吐了。這些人所認定的歷史就是這麼一回事喲。無論抓哪隻小老鼠來走迷宮所得到的結果都只有無可救藥的簡化而已。

那老師說錯的第二件事是，我們誰也沒有認真地想過要創造什麼歷史喔。

與其要被這種抽象的命題搞到火氣大起來，不如開開心心地喝啤酒。

拉開啤酒拉環，然後聽那棒透了的冰涼透了的冒泡聲。

喝到爛醉之後，跑去跟小老鼠說話。

「喂，我說小老鼠啊！」

「別叫我小老鼠，我在老鼠的同輩中算是體型很壯的了。」

「這種，這種無關緊要的事就別提了。」

「我說小老鼠呀！你知道嗎？就算你辛辛苦苦地走迷宮，所得到的也只是一個數值喲，一個想不出任何比喻來湊合著形容的卑微數值喲，既然這樣，幹嘛像個驢蛋似地東繞西繞呢？不如，我建議你，乾脆窩在某個迷宮的轉角，喝喝啤酒睡睡大頭覺偶爾還作彩色的夢，抱抱路過的老鼠美女呀……。」

「沒有什麼老鼠美女。也沒有啤酒。」

「喂，我說……你的腦袋是用鋼做的嗎？這當然只是一種形容啊，一種理想生活方式的縮影啊。」

老鼠長久地沉默著。像是在思考著某樣東西而問題是自己不確定那樣東西到底存不存在的思考法。在實驗室的燈光下，我真的看不出來那樣的老鼠跟作為模型或玩具來使用的老鼠有什麼差別。

「你們是酒鬼。」老鼠終於開口。

「去你們的。」牠這樣說完之後，轉身鑽進牠那附有轉輪玩具以及一個大水槽的潔淨小屋。

跟老鼠談完之後（感覺上什麼也沒有在談呀。只是一群喝得爛醉的人跑到老鼠那裡把肚子裡的毫無意義的話吐出來給老鼠看而已。讓老鼠更加確信：幸好我是老鼠而不是人。這樣而已。）我一個人帶著Panasonic早期的黑色隨身聽到學校宿舍的頂樓，躺在地板上，兩排牙齒像脾氣不好的原始人使用著不合手的打火石（也叫燧石是嗎？）那樣激烈地敲擊著，我在發抖，因為真的很冷啊，那不是在開玩笑，學校是在空曠的田野上喔，凌晨的時候整個區域籠罩在差一點就要變成雪降下來的濃霧裡，連企鵝來都會鼻塞的天氣。

我戴上耳機，聽David Friedman的〈Moonrise〉，可是哪來的月亮呢？David Friedman老兄？天空只有像crust般惹人厭的雲塊而已。

CD唱片完全不理會我的抱怨旋轉了起來，鋼琴的聲音像浸在涼涼而且微甜的小溪裡洗乾淨之後的拖把，在大腦的空房間裡像法國女孩跳舞似地拖起地來。心情放鬆了喔。被征服了。貓咪不再弓起背連烏龜也把頭探出殼來。顫抖也慢慢停止。大概是因為原始人已經點好火抽完菸了吧。現在正騎在長毛象背上兜風也不一定。這輩子再也不喝啤酒了。今天晚上真的喝太多了。再喝一罐的話鐵定會連靈魂都吐出來吧。

酒的氣味從身體的各個部位蒸散開之後又被我吸回去。簡直像一坨放在真空封存盒裡的大便喔。

風輕輕吹著。

雲塊令人生氣地移動著。（所謂雲塊這種東西難道是什麼事都不用做，什麼腦筋都不用動，只要負責被風輕輕吹著，然後令像我這種人生氣地移動就好了嗎？）

沒有星星。

我想像自己在身邊找遙控器。

可是當然沒有找到那種一按下去星星就會跟三立都會台一樣畢恭畢敬地從天空跑出來的遙控器。

以前我讀過一篇小說。裡頭說星星對人類而言是極為重要的存在，象徵了純真或夢想之類的東西。如果有一天，星星消失了，人類就會落入卑鄙而混亂的深淵喲。

這真是一種你在人生的某個時期會覺得很對，在另外一個時期會覺得是狗屁，在狗屁過去後又會覺得對得沒話說的意見。

這純粹是人類自己的問題。跟星星一點關係都沒有。跟開罐器的造型、獵犬的品種或是番茄醬裡頭的鈉（sodium）含量也一點關係都沒有。可是話又說回來，人類有什麼問題是純粹的呢？

我點了根菸，「躺著抽菸真的是非常爽的事喲。」像這樣的命題大概就是無論人生的什麼階段都會覺得無話可說的正確的意見。如果十九歲的我接觸到的都是這種命題，那我大概會變得跟香草冰淇淋一樣幸福喔。很可惜不是。卑鄙而混亂。誰不是呢？每吸一口菸，肺就像被激動地踩了一腳的本壘板那樣露出隱忍的表情來。（什麼？你說你從來沒看過本壘板露出……真的嗎……怎麼可能？）

結果那個夜晚我抽了一根又一根的香菸。將David Friedman的專輯聽完一遍之後又聽第二遍。中間雖然想小便但是懶得下樓。

當我聽到〈Lauren〉這首像土耳其的水井般令人迷惑的美麗曲子時，星星出現了，從雲塊與雲塊的空隙探出頭來，發出不可思議的具有強烈穿透性的光芒。中間發生了什麼實在說不上來。總之我像半夜學校走廊上忘記關的飲水機那樣流出大量的眼淚。有鯨魚在我的眼淚裡接吻。裝滿一對對不耐煩（或是想做愛）的動物的諾亞方舟在眼淚裡漂浮，找不到可以靠岸的陸地，直到工友伯伯一邊咒罵一邊終於把飲水機關掉為止。

那之後我又聽了幾十次的〈Lauren〉。帶著像鳳凰形象般的心情爬起來，將打火機跟菸盒塞進口袋，把隨身聽關掉，盯著自己上衣上潮濕的淚痕發了不曉得有多久的呆。什麼都想不透地回到寢室。

2

第二天下午，當我作著在夏天熱得要命的西伯利亞大草原鋪鐵軌的夢的時候，T打電話來，手機在肚皮上震動，我忍著頭痛和吐意按下通話鍵。

「喂。」

「喂！還睡！老鼠不見了啦！」T像眼睛閃著淚光（說不定實際上真的眼睛閃著淚光）那樣焦急地說。

T在學校的生物實驗室打工，因此有那裡的鑰匙。昨天我們喝了酒之後跑去敲T寢室的門，他正在打報告。

「T，生物實驗室的鑰匙借我們一下好不好？」D說。

「你們要幹嘛？」

「我們想去看老鼠。」F說。F唸生物系，有老鼠的事是他告訴我們的。

（「我跟你們說喔，學校的生物實驗室裡有一隻看起來非常聰明的老鼠。」

「有多聰明？」

「比你聰明大概五十六倍吧。而且可以用特製的麥克風跟老鼠講話喔！」

「最好是可以跟老鼠講話啦！」

「你他×的去了就知道啊！」F撂下狠話。）

「白痴喔，三更半夜看什麼老鼠！」T聞到我們身上的酒味了。

「拜託嘛，一下下就好。我只是很好奇怎麼可能會有老鼠看起來比我聰明五十六倍而已嘛。」D懇求著。

「應該不是看起來吧，是實際上就比你聰明。」T雖然這樣說，還是把鑰匙從他那比辭典目錄還整齊的抽屜裡取出來。

「只能看一下下。而且我警告你們，所有的東西都不要碰。不要餵老鼠吃任何東西。不要在裡面吐。不然我會被學校宰了。」

「那可以在裡面打手槍然後用石蕊試紙擦乾淨嗎？」我說。沒有人理我。

T把鑰匙丟給F，然後，「快滾。」他說。「回來馬上把鑰匙還我。」

「你在打什麼報告？」我問。

「網路文學。」

我站到T的電腦前，螢幕上有「所謂的網路文學現在正方興未艾」這樣的句子。

「所謂的網路文學究竟是指什麼呢？」我正想這麼問的時候D和F迅速地把我拉離寢室。我們三個人朝著夜闇的生物實驗室前進。

接了T的電話後，我爬下床，拖著微微顫抖的雙腿，頂著像戰敗的西班牙艦隊般沉重的頭，走進浴室裡洗澡。用過癮的熱水洗了身體和頭髮。用聞起來像虛假的愛情的洗面乳洗了臉。拿D的吉列牌刮鬍刀刮了鬍子。穿上牛仔褲以及破了洞的T恤。泡了咖啡。一面喝咖啡一面抽清醒之後的第一根菸。戴上耳機聽《神鬼戰士》的電影原聲帶。

聽到曲目三的時候D也醒了，窸窣窸窣地爬下床，然後做完全跟我一模一樣的事（除了他用的是自己的刮鬍刀之外）。寢室的窗簾是拉上的，光線透過綠色的厚窗簾吃力而微弱地滲進來，像冬天下著分不清是雨還是雪的夜晚，被遺棄的短毛小狗在主人家門口用細細瘦瘦的前爪小小力（很多天沒有吃飯了）地抓著無論如何都不肯打開的狠心木門的光線。真的是令人鼻酸的光線。Marlboro濃菸的煙霧在那樣的光線中湧動，像抽象的海，將一切的一切席捲而去。

當我將第二根菸捻熄在從雜貨店花三十元買來，上面印有某個啤酒商標的菸灰缸（這種東西不是應該是免費的嗎？）時，D已經坐在我身邊開始抽清醒之後的第一根菸了，臉上露出呆呆的表情，他大概只清醒了一顆花生米或是一張口香糖包裝紙那麼多的程度。其他的部分大概還浸泡在啤酒液裡頭，或是浸泡在夢裡頭。

（這兩者到底有什麼差別呢？）

我把耳機拿下來，跟他說：「喂，T打電話來耶。」

「喔。」

隔了幾秒鐘他說：「他說了什麼？」

「他說老鼠不見了。」

「老鼠不見了？」「幾隻？」

「全部。」

可以聽見D深呼吸的聲音。

「全部是幾隻？」

「三隻。」

「哪時候的事？」

「今天中午教授到生物實驗室開門的時候發現的。」

「然後呢？」

「然後教授馬上打電話給T，T到那邊之後跟教授說了借鑰匙的事，然後打電話給我跟F。」

D沉默地吸了兩三口菸。將還在燃燒的菸丟到前幾天喝剩的罐裝咖啡裡。

「然後呢？」

「然後教授要我們五點半到生物實驗室去。」

「現在幾點了？」

我看了看螢幕右下方。「四點五十七分。」

「媽的，有夠倒楣。」

「D，我覺得我們這次真的毀了。那三隻老鼠一看就知道是很貴的那種老鼠。」

我們的學校是以生物科技、健康照護以及人工智慧為招牌的私立大學。雖然才成立半年，就對外舉辦了很多完全讓人摸不著頭緒的研討會，請來了一堆一律穿著深色西裝的專家學者，坐在寬敞的會議室裡頭，大型冷氣像伊拉克沙漠中才會出現的坦克那樣隆隆作響，U字形的會議桌上擺滿能供應柬埔寨的兒童吃上一個學期的點心，熱騰騰的茉莉花茶以及咖啡，專業術語彷彿已經正式取代了日常問候語的會議。雖然我也知道或許就是這些人在推動著文明往某個地方滾動喔，但是還是令人覺得可疑的研討會。

有一次我試著把這樣的感覺傳達給D。

D說：「這很正常呀。科學在這個時代就跟神話沒兩樣。」

「怎麼說呢？」我問。

「你知道相對論嗎？」

「知道啊。」

「我的意思是，你能理解嗎？你有能夠理解這套理論的所有背景知識以及相關資訊嗎？」

「沒有啊。」

「對啊。可是大家都說他們知道相對論啊。提到相對論時就露出一副了然於心的表情。好像愛因斯坦在思考相對論的時候，他們就在愛因斯坦的廚房裡幫忙煮馬鈴薯燉肉一樣，好像他們還幫年幼的相對論換過尿布似的。」

「可是你不覺得你這樣說太嚴格了嗎？」

「不會啊。某個層面來說，科學就跟大甲媽祖一樣。」

「什麼大甲媽祖？」

「就大甲媽祖咩。自己不會動腦筋嗎？」D這樣回答。

無可奈何之下我只好改問：「你知道什麼是蛋白質科技嗎？」這是學校最新舉辦的研討

會。

「不知道。」D很快地說。

「難道他們想在雞蛋裡進行核融合嗎？」D補了這一句毫無意義的話。

（算了，我放棄了，我在心裡對自己說。以後關於這類的對話就免了吧。）

D抽完第二根菸之後，大概已經比芹菜還清醒了。存放著啤酒液的水槽裡頭的栓塞也拔了起來，啤酒一點一滴地往不知名的地方流去。

「我想事情沒有我們想的那麼嚴重。」D說。

「為什麼？」

「你說，如果那些老鼠真的很貴的話，學校早就通知警方了啊，說不定還拿著槍衝進寢室將我們逮捕到警局裡刑求。『你們倒是說說看那些老鼠的下落啊！』一面這樣問一面用球棍揍我們的肚子。可是沒有啊。只是說，五點半到生物實驗室去。這樣而已。所以不用太擔心。」

「喔。」

「總之去了就知道。」D下了這樣的結論。

3

我和D在五點二十分穿好鞋子。我穿極普通的白色Reebok運動鞋，D穿CAT的工作靴，並且花了時間確實地綁好鞋帶。我將腳隨便地塞進鞋裡之後，就像發呆似地看著D坐在椅子上相當優雅地綁鞋帶，好像那手中在編織著要送給英格蘭小公主的圍巾。「真是細心的男人。」跟往常一樣我在心中發出讚嘆。大概是第一百二十九次或是第一百三十次的讚嘆，記不得了，如果連這種事都記得也很傷腦筋吧。

總之讚嘆完後他編好圍巾站了起來。「走吧。」他說。「嗯。」將門關上前我瞄了一眼寢室裡頭的光線。或許是因為黃昏，光線更加地微弱，小狗不再抓門了，空間中只剩下像垂死的植物氣根般，連光線都稱不上的視覺殘留在飄浮而已。

門關上發出「喀咂」的聲音。我和D沉默地走進電梯，沉默地走出宿舍大門。

生物實驗室在宿舍對面的教學大樓的地下室。雖說是地下室，卻一點也不陰暗、狹小，或是塞滿雜物，反而非常華麗而寬敞。中央空調像從合歡山某處偷來空氣似地控制著溫度、濕度以及空氣品質。每呼吸一次都只有重新佩服，沒別的法子，要培育台灣冷杉或是西藏空運來的犛牛都不會有人多說一句話的地步。只會說：「哇！犛牛！好棒呀！這裡很適合喔！那要養幾隻公的幾隻母的呢？」

採光與光線配置也棒得令人嘆氣。白天的時候，女孩子們在地下室的廣場打羽球，夏天的風和陽光像感情很好一樣摟著對方的肩膀從寬闊的天井踏著看不見的透明階梯灑落、吹拂在每一顆心上，把每顆心烘得像剛出爐的鬆餅那樣適合澆上楓糖。

在明亮的視線裡，每樣事物的幸福度都像折射一樣往上升了幾個刻度。無論是羽球的拍擊聲、女孩子泛紅的臉孔、嬉鬧聲、某個頭髮沒整理的男生經過你身邊往廁所走去的背影，這些都無法挽救地變美了。柔化了。沒有任何東西會讓你說出：「喔，我明白了！這裡是個地下室！」沒有。是這樣連一個標點符號都沒犯錯的採光。當太陽打完卡下了班之後，六盞水銀聚光燈就像忍耐了很久的法國革命那樣亮起來，刺眼炫目的白光打在廣場上，使得那裡就像六〇年代的街頭民主講堂，混合了壓抑與亢進的弔詭氣氛，每次夜晚我要經過那個廣場時總會忍不住加快腳步，好像我停留得稍久，就會不自覺脫口喊出：「沒錯！我要用血和汗捍衛我們的言論自由」一樣。

走廊上水銀聚光燈沒有發動革命的地方也一點都不馬虎，校方在天花板貼滿了腰桿挺得很直的日光燈管，只要一按開關，日光燈管就像接收了「立——正」的口令，用力一跺腳把所有的黑暗踩扁，踩爛，踩進下水道裡，於是整座地下室的黑暗便隨著污水流遠了，消逝了。

至於寬敞。

D有次說：「這裡就像餵給狼狗吃的牛排一樣大。」

我雖然不知道那實際上是怎樣還是贊成他說的。

D敲了生物實驗室的門。

我看看手機上的時間，十七點三十二分。

「請進。」隔著門傳來像用影印機印出來的聲音。

D推開門。我跟他走了進去。

一個我從未見過的老人跟T和F坐在原本放著老鼠籠子的長桌邊，笑著對我們打招呼：

「過來坐著一塊吃飯。你們兩個。」那老人（後來我知道他是F的生物學教授）感覺上像是人很好而且會拿起工具幫鄰居修剪花草的里長伯。滿頭白髮，穿著到處都是口袋的防水背心配上像是九十九元三件的米色Polo衫、卡其褲。眼神像吉普車的輪胎一樣堅韌而有力，自然地散發出會讓人覺得「這老頭懂很多，我應該好好向他學習」的氣息。

「快點過來吃吧，不然飯菜要涼了。」里長伯這樣說。

「喔，謝謝。」我和D同時回答。搞不清楚狀況的兩個人。

「這是我請T去街上買回來的。」

「喔，謝謝。」我又說了一次。雖然知道很多餘。

我跟D在便當前坐了下來，對面是T和F，老里長則坐在我的右手邊。

便當不是很美味，但是一天沒吃東西了，我跟D像啃期末考前的洩題那樣吃著冷掉的雞腿飯，實在太專注地吃了，也管不著另外三個人在幹嘛。吃完後老里長拿面紙給我們。「喔，謝謝。」又是同時說。

「好啦。大家都吃飽了。我跟你們自我介紹一下，我是這間生物實驗室的負責人，也是F的生物學教授。」老教授盯著我跟D，口氣忽然變得十分具有權威性，如果走演藝界錯不了是實力派那型。

「老鼠不是我們拿走的。」D向來有話直說。

老教授嘆了一口氣。那嘆氣裡含有「這兩個年輕人果然什麼都不知道」的意味。

「我知道不是你們拿走的啊。」口氣又變回修剪花草的里長伯。

「你知道？」我問。

「F跟我說了那天的經過了啊。你們渾身酒氣地闖進這裡不是？拿起麥克風對著正要睡覺的老鼠胡亂地說了一堆有的沒的，然後吃了老鼠的閉門羹，心有不爽地離開。不是嗎？除了這些你們應該什麼都沒做吧！我相信你們啊！而且也不是你們想拿就拿得走的老鼠啊！」

「不是我們想拿就拿得走的老鼠？」我又問。而且忽然有點生氣地覺得，難道我這輩子到目前為止都是在做著把別人的問題又問回去的事嗎？

「第一點，上了鎖了啊。第二點，是非常聰明的老鼠。」

「非常聰明的老鼠？」我問了之後馬上後悔了。

「等等。」D插話說：「既然知道不是我們拿的，那幹嘛叫我們到這裡來呢？」

「因為，因為雖然不是你們拿走的，可是也許老鼠的消失跟你們有關聯性呀。微弱的關聯性。超乎想像力的關聯性。不只是要思考什麼事物跟什麼事物之間有關聯，關聯性本身的狀態、樣貌、組織……這些都非常有趣。」

「教授，嗯……不好意思我想去上個廁所。」D打斷了教授的關聯性演說。

教授愣了一下，大概是被突如其來的廁所與關聯性之間的關聯性嚇到。

「好啊，請自便，我們不是在上課啊。就算是上課也直接走出去就好了嘛。」

「教授我也要去。」我說。

「好。好。關聯性可以以後再講。膀胱爆掉可就不好了。你們去吧。」

「呵……呵……。」我跟D同時發出這樣的聲音。

一進到廁所，D馬上從外套口袋裡掏出菸盒以及古銅色的Zippo打火機，丟一根菸給我，幫我點上之後自己也掏出一根來迫不及待地點燃，吸了一大口，然後說：

「媽的，吃完飯不抽菸真的受不了。」

我也吸一大口。那煙霧像猛烈的海浪那樣，將附著在腦殼上的海螺、螃蟹、九孔之類的東西全掃除得一乾二淨。這才感覺自己真的醒了。

「你覺得那老頭到底想跟我們說什麼?」D問。

「不知道。真的搞不懂。」

D聽到我回答，又用力地吸一口菸，菸頭燃燒著的部分陡然亮起，每次看到這個我都會聯想到暴跳如雷的山羊。

我昨晚喝了很多今天的尿。莫名其妙地心情好了起來。尿了相當多的尿量。在尿尿時我想，這裡頭大概有很多昨晚喝的啤酒吧。換句話說也就是

「你笑什麼?」D說。

「不可以笑嗎?」

一打開生物實驗室的門就聞到咖啡的味道。

老教授瞇瞇眼地笑著，像常常有蝴蝶停在鼻尖的牧羊犬的那種笑。

他說:「我替你們泡了咖啡喲。雖然是即溶包的，總是可以勉強喝得下吧。」

「已經太棒了。」D回答。

「探不到底的棒了。」我說。

老教授看了我一眼，然後好像很無可奈何地搖搖頭，接著說:「T有事先走了。」

這才發現這傢伙果然不見了。

「所以這個夜晚就是我們兩個學生物的跟你們兩個唸外語的共度喔。」老教授把手放在F肩上，對我跟D說。

咖啡喝到一半，老教授站起來走到實驗室後方，回來時手上多了一個透明燒杯，將那擺在桌子中央。

「這個應該可以吧。」他說。

「什麼可以？」D、F跟我都非常迷惑。

「當然是可以拿來當菸灰缸啊！總不會是拿這個來當尿壺然後命令你們待會兒誰都不准去廁所吧。」

「可是……這裡是生物實驗室啊？」F說。

「以前有動物在，所以就算只有我一個人在裡面也絕不抽菸喔，可是現在唯一的動物老鼠先生不見了啊，所以就抽吧，無所謂，你們應該都抽菸吧，嗯？」

「抽啊！」同時回答。

「那就對了啊。把菸拿出來抽啊！總不會要我請你們吧！我自己也快沒了！」

「可是……不會不小心發生火災之類的嗎？」D問。

「我很謹慎喲。這是我對自己最有自信的地方。做實驗做了那麼多年，總會對因果這種東西有些許程度的認識吧。我不會讓火災這種結果發生在這裡、在我手上。所以你們可以放心。因為是實驗室，通風和消防設備都十分完備，就算要舉辦大型營火晚會也不會有任何問題喔。抽吧！難道真的要我請你們？哪有這種學生？」

是沒有你這種教授吧，我心想。

雖然如此我們還是各自拿出自己的菸來，帶著怎麼樣都覺得不太對勁的心情點菸。老教授也拿出他自己的。

我和D抽的是紅色Marlboro，F抽Mild Seven，老教授抽看起來果然快沒了的白長壽。正當我們要吸進第一口菸的時候，老教授突然鬼叫似地大喊：

「抽菸有礙身體健康！」

4

那一聲鬼叫真的不是蓋的哦。我跟F紮紮實實地被嘴巴裡的濃煙嗆到，像逃命的袋鼠一樣咳了將近半個沙漠，眼淚噴出來，咳完之後聲音大概過了一個小時才恢復正常。D更倒楣，他當時右手夾著已經點燃的菸，被嚇得整支菸觸到左手背上。

據他後來形容：「我真的有聽到皮膚發出『嘶～～』的一聲。真的痛。腦中一片空白。語言像七彩泡沫一樣『啵！啵！啵！』地破掉。」然後他又引用了恰克．帕拉尼克寫的《鬥陣俱樂部》中一段很蠢的話，來詮釋他當時的心境：「哈囉！看看我。哈囉！我好禪哪。這是血。這是空。哈囉。一切皆是空。悟道真是酷。像我這樣。」

不過這些形容跟詮釋都是非常久之後的事了，在當時，在淚眼迷濛中，我只看見D像猴子一樣亂跳，像猴子一樣開水龍頭沖水，在沖水的時候嘴裡呢喃著聽起來很像「贛」但不知道究竟是什麼的單音節的字。

「你到底在幹嘛！」我大吼。不過那聲音聽起來真是陌生。

D沖完水後濕答答地回到桌子旁邊。

F沉默著。除了眼睛略微紅腫，臉上看不出什麼任何可以被稱為表情的東西。或許他想到了自己的生物學學分。

F這傢伙是我們幾個朋友中最具有所謂現實感（也就是判斷資訊，然後根據判斷把事情往對自己有利的方向推）的。（D的現實感則是像調頻收音機那樣，有時收得到沙沙的訊號，有時則完全空無。至於我的現實感則是像忘了裝電池的調頻收音機那樣，沒什麼好提的。）

夢喔。有段時間，我們都在作夢。

或者該說，我們被奇異的命運之河推動著，來到了夢的舞台。

那是漫無邊際的舞台，遼闊極了，拿起賞鳥望遠鏡也看不見觀眾席的地步。

星星像搭個梯子就能爬上去那樣懸掛在夜空。風像熱帶魚那樣吹著。好舒服。

我和D躺下來，開始愉快地抽起菸。

F顯得十分坐立不安，走過來踹享受得不得了的我們。

「喂！起來啦你們！這裡不是正常人應該待的地方喔！我用聞的就可以知道！你們快起來！太晚就來不及了啦！」

「別吵。」我說。

「別吵。」D說。

「不理你們了。」F從一道奇怪原本並不在那邊的門走出去。

時間在這裡有在流嗎？

誰知道。

時間在這裡是怎麼流的？

連有沒有時間都不知道吧？

真該死！這是夢！

D站了起來。

「你去哪裡？」

「去醒一醒。」

跟F一樣。奇怪而原本並不在那邊的門。

剩我一個人耶。將身體伸展成大字形。

剩我一個人耶。菸抽完了怎麼辦？

剩我一個人耶。狼來了怎麼辦？

真該死！

如果真的是夢怎麼辦？

不過幸好有人沒有在作夢。他從抽屜裡拿出藥膏給D。

「傷口用這個擦一擦，多喝水，放寬心，十年內應該好得了。」

D瞪著老教授，沒有伸手接那個會讓他十年內痊癒的特效藥。

「喂，D同學，不會連這種幽默都無法體會吧，你很沒慧根喔。」

「幽默……。」D說。露出跟新買的菜瓜布一樣的苦笑。

「真的有用啦，很快就好了。相信我。」

D打開藥膏，聞一聞，塗了一點點。

「對不起，哈哈，我不知道你們的反應會這麼大。只是輕輕的一喊而已啊。現在的年輕人真的是。」

「輕輕的……。」D似乎決定不要再跟這個老頭多說什麼。

「知道我為什麼要這樣喊嗎？」

「因為你得了疝氣。」我說。

「這位同學，從生物學上的觀點來看，你的笑話真的沒救了。鐵定絕種。要不要再說個幾則我幫你做成標本。」

「賣到日本。跟台灣大鳳蝶一起。」我回答。

「好。好。讓我們盡快進入正題吧。」老教授說。好。好。似乎是他的的口頭禪。是那種「怎麼會有人把這種東西當口頭禪？」的口頭禪。無所謂。好。好。

「要進入什麼正題？」F問。

「我剛才喊的，抽菸有礙身體健康，相信你們都應該知道吧！」

「知道啊。」

「可是你們還是抽了啊，包括我。我是唸生物的，我知道抽菸會對人體造成的傷害喔，有段時間還當過某個以防制菸害為訴求的基金會的顧問，一邊當顧問，計算出平均抽菸的人少活幾年的數值，還是什麼都沒變地抽一包半的白長壽，一天。」

「這段時間我一直困惑著，因為個性上就是這樣啊，有問題就想搞清楚。我不懂為什麼我明明知道抽菸的所有危害，會讓陽萎提前到來等等，我全一清二楚。可是還是一天一包半。跟宿命一樣。醒來第一件事是睜開眼睛，第二件事就是抽菸。進實驗室前也一定會到廁所先抽根菸。」

「然後我跑去找了我國小同學。」

「為什麼跑去找什麼國小同學的？」我說。

「你唸國小的時候我媽都還沒出生吧？」D說。

「這不是重點啊。我國小同學跟我感情很好。大學唸的是心理系，到國外留學了六年，現在在國內某所大學的心理系當系主任。不是你們這種不愛唸書的小毛頭能夠理解的人生吧。」

「這樣說太過分了吧！」D說。

「會唸書沒什麼了不起的吧！」我說。

「哈哈哈，果然很容易被激怒喲，你們。年輕人就是年輕人。好。好。」

「我把我的疑惑告訴她。問她我是不是有什麼精神疾病。不然為什麼會不斷重複著理性告訴我不對的行為。」

「這個我可以回答你喔。」D說。「因為你上癮了啊。」

「喲！喲！真是了不起的答案喔！可以提名諾貝爾獎的偉大發現。原來如此。我上癮了啊。我真笨。竟然連這一點都弄不懂，還當什麼大學教授。只是上癮喔。真的是。事情如果有那麼簡單的話那全世界就會開滿義大利麵店了呀。」

「不然到底有多難？」我問。

「不是難。而是複雜。難的問題有時候不複雜。複雜的問題有時候也一點都不難。重要的是，要找到問題，然後用最對的話將問題問出來，不要將問題白白浪費掉，懂嗎？浪費問題就跟浪費人生以及浪費別人送的旅遊招待券一樣，都是種罪惡。」

說到這裡，我想到上個月D送我的KTV歌唱券到現在都還沒用，不知道過期了沒？D拿出菸來點上。像連鎖反應一樣，F跟老教授也拿出菸來點上。我也拿出菸來，跟F借了打火機。骨牌似的四個人。

「我的國小同學跟我說，其實我面臨到的是一個古典的哲學問題。」

「什麼是古典的哲學問題？」F問。

「也就是……。」老教授像不小心踩到鱷魚的頭那樣冒出冷汗。

「也就是，這個問題，也就是理性與人類之間的問題，長久以來一直困擾著各個哲學家，各種國籍，各種髮型的哲學家。從古希臘開始，到中古世紀，到啟蒙時代，到二十世紀，一直來到現在，難聽的Hip Hop氾濫的二十一世紀，難吃的麥當勞氾濫的二十一世紀，都還有人在拼命地思索這個問題。各種論證，各種預設不斷地被提出與推翻。所以，形成了一個具有古典性質的哲學傳統。我這樣解釋清楚嗎？更何況這不是我說的啊，是我國小同學說的啊，我那時候可沒有問她這個問題。」

「Hip Hop不難聽。」D說。

「麥當勞的一號餐還滿好吃的。」我說。

「我大概有一些些理解吧。」F說。

鱷魚在盛怒之下咬了老教授一口。他露出那樣的表情。

「總之，總之，那個下午，我跟她在她的系辦公室裡頭，談了很多跟理性有關的話。那是一個天氣非常悶熱的下午。陰陰的。窗外的大王椰子樹像被人用膠水黏住一樣一動都不動。絲毫沒有風。也沒有狗叫。雖然冷氣是開著的，還是讓人覺得焦躁的天氣。她替我泡了咖啡，是用國外的咖啡豆泡的香得令人想掉眼淚的咖啡。不過我們幾乎一口都沒有碰。只是她不斷地說著。而我聽。一邊注視著平靜無波，像屍體那樣沉默的咖啡。杯緣一開始還冉冉地冒出白煙，冒了不曉得有多久，後來連白煙也沒了，冷卻了。」

「她是一個很會說話的女孩子。我的國小同學。我的意思不是指她很會用語言來討好別人。相反。她幾乎從不稱讚人。連學生都很少稱讚。我買了新領帶也不稱讚。買了新車也不稱讚。得了國外大學頒的獎也不稱讚。只有搬新家時才好不容易稱讚了一句。」

「說了什麼？」我好奇。

「這裡交通還滿方便的喔。」

「什麼？」

「這裡交通還滿方便的喔。這就是她說的啊。」

「這個，我們唸外語的看來，叫做陳述句喲。」D說。

「連勤勞的小螞蟻也找不到任何稱讚的意味吧。」我說。

「可是我知道她在稱讚。因為認識了相當久了，比你們兩個的年紀加起來都要久的歲月。雖然吝於稱讚別人，卻真的很會說話。能夠用非常精確，而且能觸動人心的語言說出你的感受。說出你連自己有沒有在想都不確定的想法。

這還不算什麼，她甚至能夠預測你接下來可能會遭遇的內在難題，給你一些親切而溫柔的小提醒，開書單、電影單給你。說看完這些歡迎來找我討論。拍拍你的肩膀，『不要擔心，一定走得過去喔。』她會笑笑地這樣跟你說。那笑裡頭有種包含了慈祥的嚴肅感。學生都服她服得不得了。她卻始終酷酷的。說著這裡交通還滿方便的喔之類的稱讚。」

沒有人說話。大家都在想像這樣的一個女孩子。不。女教授。

「可是那個下午她很反常。」

「反常？」我問。

「她好像把原本開放著的東西刻意封鎖起來。這方面我很不敏銳，又不是她。只是這樣感覺。她幾乎從頭到尾都沒有笑。板起面孔來，非常嚴肅。我覺得十分奇怪喔，只不過是問她，喂，為什麼我的理性告訴我不要抽菸，我還是一天一包半白長壽呢？她卻好像皺起眉來的日本武士那樣，用非常尖銳的話一刀一刀朝我砍過來。」

「那你應該招架不住吧？」D問。

「什麼招架不住！根本是無從招架起。跟她比起來，我的口才就像是笨拙的馬鈴薯那樣微不足道，只能乖乖地被切成一塊一塊，跟味精一起丟到鍋子裡煮而已。」

「她說了什麼？」F問。我也很想知道。該不會是：「你來這邊，就是想問愚蠢的白長壽的事嗎？你不會問一點更有意義的事嗎？你知道我等你等了多久嗎？為了你連婚都沒有結喲！而你在這裡問起白長壽！理性？理性？理性個屁！」

如果是這樣的話就太糟了。

幸好不是。

「她聽完我的問題之後，首先問我，老丁啊，你所謂的理性究竟是什麼？」

「她叫你老丁？」D問。明顯地忍住笑。

教授沒理他，繼續說：「她問完這個問題之後，我沉默很久，像在地雷區吃草的牛那樣慢吞吞，小心地思考。我不是一個很能處理抽象概念的人，對數字很敏銳，觀察顯微鏡裡的微生物相當細心，可是要我用語言說出理性是什麼真的辦不到，甚至可以說根本沒想過這個問題。」

「我坦白地跟她說：『我沒想過這個問題。但是，我覺得在內在有某個衝突點。不只是抽菸，而是我覺得對，卻無法去做。或是我覺得明顯不對，但還是莫名其妙地做了。我覺得內在有種我無法明確地感覺與界定的東西。

那是很可怕的感覺，妳懂嗎？即使對老去的我來說也是如此。不，或許是因為老去，這樣的感覺才顯得更為可怕。年輕的時候，前方總有些什麼目標或渴想等待著我去完成，所以覺得沒什麼好怕的。目標這個點跟我這個點中間有直線連起來，一切都很確定，令人安心。

可是現在變了喔。目標消失了，直線朝著虛空無限地延伸下去。就算我騙自己說，還有什麼事是我想做的，還有什麼景象是我想看的，也沒辦法。我很清楚地知道自己對這些事物已經沒有熱切感了。冰冷的。空的。妳知道這種感覺嗎？』她靜靜地聽我說這些，什麼都沒說，沒有插嘴，只有像鶴那樣啄了一下咖啡而已。」

「然後呢？她說了什麼？」我問。

「她說起了亞里斯多德的《尼克馬科倫理學》。」

「她說：『我不知道我的理解對不對，或許有偏頗，有錯誤，但是我覺得亞里斯多德的《尼克馬科倫理學》整篇只有一個地方帶給我所謂的啟發，讀完之後，那個帶給我啟發的點在心裡發出微小而持續的光芒，像蜜蜂一樣嗡嗡地叫著。其他部分則完全毫不留痕跡地像星期天街上的人潮那樣退去了，如果那個點沒有留下來，或許一個禮拜後我就會忘了自己讀過《尼克馬科倫理學》這回事。』

『什麼點？』我問她。她笑了一下，不特別針對誰的笑，然後站起來開燈，因為外頭下起了劈里啪拉的午後雷陣雨。我隔著窗戶，看著雨像要把世界搗毀那樣下，卻覺得跟我一點關係都沒有，雨在我靈魂之外下著，什麼都碰不到我，我伸出手來也碰不到任何人。

她開好燈之後，辦公室變得很亮，像螢光漆那種不真實的亮，她坐下，我看著她的臉，她的眼睛。她的眼睛裡面有種我無法理解的東西。我忽然覺得十分驚恐。不是對那樣東西本身，而是對我自己。那個東西幾十年來一直存在在她眼睛裡，我卻從來沒有看見，因為我缺乏看見以及理解那個東西的感受力與想像力。

而她知道這個。但是她卻對我很寬容。她知道我這輩子或許永遠無法真正懂她，還是跟我維持了幾十年的友誼，泡好喝的咖啡給我喝，結婚的時候恭喜我，給我建議，離婚的時候安慰我，給我建議。她從來沒有抱怨過，除了不愛稱讚人之外，將能給的溫情全都給了出去。

她從來不會跟我說：『喂！你真的了解我嗎？你這沒大腦的大男人！』從來沒有。可是那個下午我卻看見了，不可思議地看見。就像看了一天一夜的足球重播，轉頭竟然發現自己公寓垮了，沙發後面什麼都沒有，你在懸崖邊緣，懸崖下面是幾十層樓高的大馬路，車子看起來像餅乾屑一樣小，高處的風令人腳軟地吹過來，你想不透為什麼自己到現在才發現。」

「『《尼克馬科倫理學》裡頭談到了：幸福生活本身就是愉悅之源。這句話讓我思索了非常多天。』她說。」

「聽起來真的是沒什麼了不起的話啊。」我說。

「我當時也這麼跟她說。」老教授回答。

「她怎麼回答？」D問。

「她回答：『那是因為你從來沒認真在聽，認真在想的緣故。』我嚇了一跳喔，我幾乎沒有聽過她說出這種評斷。例如：『你是個笨蛋。』或是『你是個壞人。』這種句子她因為認為很容易把人簡化所以從來不說。這方面她非常嚴格，可以說是長久自我控制之後養成的習慣。可是那天她說了，而且是以十分冷靜的口吻說出來。

她接著講：『或許我已經偏離亞里斯多德的原意很多，但是接下來我想談我對這句話的衍生思考，可以嗎？』『可以啊。』我回答。然後她停頓了大概五秒，那五秒內，她像在腦中用鵝毛筆謄寫著某份重要文件那樣思考，接著才把那份文件的內容讀出來：『幸福生活本身就是愉悅之源，也就是，你並非先做會讓你愉悅的事，才覺得幸福。而是生活本身像源頭那樣，流出了會讓你感到幸福的內容來。』到這裡為止，我已經覺得很混亂了，她卻完全不理會我，繼續說下去：『可是那個源頭，不只是愉悅之源，也可能流出像地獄的岩漿那樣的東西。』」

5

「我提出疑問：『等等，如果它流出地獄的岩漿，那就不叫幸福生活本身了呀。可以改叫地獄生活本身比較恰當。』她回答：『可是那個源頭也流出愉悅，你忘了嗎？』『也就是一面流出愉悅，一面流出地獄岩漿的幸福生活本身？亞里斯多德沒有這樣說吧？』我完全搞不懂她在說什麼。『是我自己這樣認為的。』她說。

『而且，』她補充：『是特別為你準備的，專屬於你一人的回答。』」

「教授，等等。」D說。「我可不可以再喝一杯咖啡？」

「咦？」教授看了看D空空的咖啡杯，又看看我們的。

「好啊。我幫你們再泡一杯吧。我自己也要再一杯。不過還是即溶包，我這裡沒有國外進口的香得令人想掉淚的咖啡豆。」教授笑著說。

「已經太棒了。」D的老回答。

「摸不著邊的棒了。」我做了一些更改。

喝著咖啡，D忽然說：「教授我可以到外面透透氣嗎？喝完再進來。畢竟聽了好長的故事。」

「不是故事喔。而且老鼠還沒出場呢。不過沒關係，先出去吧。夜還很長。」

我也站了起來。

「你也要去嗎？學外語的在生物實驗室果然待不慣喔。」

「呵呵。」我有點尷尬地笑笑：「老鼠哪時候會登場？」

「等你們回來說不定我們就變成老鼠了喔。像卡夫卡的小說那樣。毛比較白的是我，灰色毛的是F。一定要認出我們喔。」老教授說。

「會啊。還會餵你們吃飼料，請你們喝咖啡。」D轉過頭來接了下去。

「還有菸，別忘了。」門關上前聽到F這樣說。

夏天的夜晚。

我跟D走上一樓，走到教學大樓旁邊的停車場。

空曠的停車場。

我們沉默地在黑暗的停車場旁邊坐下來，手裡捧著溫溫的咖啡。

「菸哪！」D說。

暴跳如雷的山羊。暴跳如雷的山羊。暴跳如雷的山羊。

吐出長長的煙，可是吹不到星星那邊，便消散了。

如果有人在遠方的星星上，為我們舉行生日派對，我們也吹不熄蛋糕上的燭火吧。

寂寞的燭火、脆弱的燭火、極需要保護似的燭火，在幾億光年之外的地方像多斯克龍的幻影那樣閃動著。

我嘆了一口氣。

「嘆什麼氣？」

「蠟燭吹不熄啊。」

「喔。」

喝完咖啡後，我們回到生物實驗室。

「咦？沒有變成老鼠嘛。」D看著似乎相當疲倦的老教授以及正要把菸丟到燒杯裡的F。

「怕有貓啊。」F回答。像一桿進洞般完美俐落。

「講到哪裡了？」老教授說。

「特別為你準備的。」我說。

「專屬於你一人的特別服務。special service。別的地方找不到的。」

「是『是特別為你準備的，專屬於你一人的回答』吧。我國小同學對我這樣說。」

「自己知道的答案幹嘛問別人。」D幸好沒有修生物學。

老教授像找不到膠卷的費里尼那樣子抓頭。「這只是開場白啊！開場白懂不懂！」

他深呼吸。「好。好。我要開始說了。」

「加油。」D又拿起一根菸來點上。

「我國小同學深深地吸了一口氣，就像我剛剛那樣。接著說：『你所謂的理性，困惑著你的理性，只是工具性理性而已。這樣的理性為了某個目標服務，為了某個目標啟動，卻沒有辦法檢討自身，這是讓你感到混亂的第一點原因。

我從年輕時，應該說是從小，就認識你，跟你一起長大，你這個人非常穩定，抱歉我今天說話很不客觀，但是如果不這樣我就無法把我想表達的表達出來。

你很穩定，因為你從不在你想像力之外的領域冒險，我不知道為什麼，或許你曾經踏出去過一步，但是你被嚇到了，於是你像小孩子一樣把自己關在房間裡，當然這是譬喻，你關在房間裡，做自己有把握的研究，讀自己有把握的書，這樣沒什麼不好喔，老丁，可以讓傷口慢慢癒合，誰都需要這樣的房間，我也需要啊。但是你跟一般人不一樣，你抱著比誰都要堅決的決心，說我死也不出去，你甚至花了很多的心血佈置那個房間，你說服自己，想像力之外的領域不存在，可是它確實存在，它是源頭，它流出理性、流出瘋狂、流出幸福生活也流出地獄的岩漿。

可是除了理性、除了連你自己都說不清楚的理性之外，你不相信其他的東西。你需要目標，你當然需要目標，每一條河流都有流向，不是嗎？可是你不只有一條河流喔，那個源頭所流出來的所有，都是你的河流，都是你的內容。但是你搖搖頭說去他們的。

你沿著一條河流一直走，把它取名叫理性，叫現實生活，叫穩定的學術環境，隨便你，你在走的時候遇到一些人，他們跟你一起走，讓你很安心，可是有時候他們會看到別的河，別的流域，別的河岸上有你從未聞過的花香，有你從來沒有聽過的音樂，但是這些東西只會讓你困惑，你摀住耳朵，什麼都不肯聽，你想趕快逃走，因為來自想像力之外的刺激令你痛苦萬分。

你很老了，我也是，我恨我自己為什麼到了這個時候，這種年紀，才有勇氣對你說出這些話，你離婚了，你說她不了解你，你也不了解她，我安慰你，拍拍你的肩膀，說It can't be helped，抱抱你，那時候我真的覺得自己抱的是一個小孩子，深沉的無力感，我不知道你有沒有辦法懂這樣的無力感是什麼，你在大學教書，做研究，定期寫你專業領域的論文，不代表你長大了，老丁，你只是在原本的房間裡，分享你習慣了的擺設，玩那些你能夠理解的拼圖。那天你走後，我在這裡留到深夜，把燈關掉，鎖上門，一個人哭了很久，母親過世後，是我第一次哭得那麼慘，很傷心，傷心你，傷心我，傷心跟你相關聯的人，傷心你在房間裡的恐懼與孤單，也恨你為什麼不把門打開。』」

「她，嗯，她用非常冷，絲毫不流露任何感情的口氣說完上面這串很長的話。」老教授最後說。臉上是那種，好萊塢電影上看得到的，中了彈的英雄被送進救護車前對著鏡頭露出的微笑。讓人覺得中彈好像一點都不痛反而很爽似的微笑。

沒有人接話。

終於D像想到那樣拿了一根菸出來點。

我沒菸了，跟D拿了一根，用桌上F的打火機點上。

我們像很想把菸吸到闌尾深處那樣用力地吸，然後幾乎不用力地讓煙從鼻孔與嘴巴裡自然湧出來。對。就像做得很像人頭的香爐。

老教授和F則像浸在藥酒裡的海馬，痴呆，茫然，一動也不動。

讓人想走過去搖一搖裝藥酒的玻璃缸說：「喂，可以的話游個幾下來看看。」

一動也不動。

我和D也差不多，除了多了抽菸跟彈菸灰的動作。

抽菸跟彈菸灰，是我們跟海馬的差別。

抽菸跟彈菸灰，是我們的本質。

什麼是本質？

一、讓事物是其所是。

二、在時空流變中保持不變。

三、作為事物在變化中的承載者。

亞里斯多德真棒。

棒到讓人想把啤酒澆在他頭上。（就像我們是哥倆好那樣，我，D，亞里斯多德。）

說：「喂，可以的話跟我們一起狂歡吧，在狂歡中，deconstruct our essence！」

（別再淨想些跟呆子沒兩樣的事了，趕快說些什麼啊！）我在心裡對自己怒吼。老實說，

我真的很討厭自己會在緊要關頭胡思亂想的毛病。

「那個，教授，對了，我想問你，那麼長的一段話你是怎麼記起來的？」（終於，我終於問出來了。）

F醒過來了。

D醒過來了。深深佩服地看了我一眼。

老教授醒過來了。動幾下尾巴，忽然意識到自己不能再當浸在藥酒裡的海馬了。

沒錯，你是教授，你不是海馬。把海馬的事徹底忘了吧。

大家都醒了。

我終於知道春天女神把萬物叫醒的感覺是什麼了，

等我上天堂之後可以應徵春天女神的工作。我有工作經驗了。

「啊，不好意思，我好像說得太多了。」老教授從海馬復活後的第一句話。

「我會記得那麼清楚，是因為我開車離開她教書的大學之後，受不了了，把車停在路邊，拿出紙筆把我還記得的每一句話都寫下來。寫下來之後每天看，一有時間就看，就這樣過了一個月。」

「之後就不看了？」D問。

「因為已經刻在腦子裡了啊。」老教授說。

「接著她說：『你知道嗎？你不知道，因為你沒問過，我也沒說過，好，我現在要說，在讀心理學的時候，有好幾次我陷入非常非常混亂的泥沼中，每次支撐我的都只是一個很簡單的畫面，那就是有個人沿著河走，或許是在散步還是幹嘛，不管，要小心不要讓他被河淹沒，如果他不想再沿同一條河走了，要告訴他這條河不是唯一，要請他回到源頭，問問源頭，其他的河在哪裡？

你有次告訴我，你覺得愛就是相伴一生，相伴一生不是把別的什麼人拉到你自己的河邊，自己的房間裡過一輩子，這叫做囚禁喔，不是什麼相伴。或許，對你而言，你最該做的就是，陪著她，到她的河邊逛逛，到她的生命裡，她的記憶，她的歷史，那陌生的河邊會有讓你很不習慣很惱怒很火大的市集，然而那市集裡或許會有很美麗的布料，是你一輩子都沒有看過，也沒有勇氣想像過的顏色。

你來這邊問我什麼理性的，抽菸的，我要告訴你，老丁，真正的理性你沒辦法把它當作工具來用，它比所有的目的都龐大，它不是給你用來窄化人生的。』

她說到這裡時閉上眼睛，閉了相當久的時間，好像在等清晨的露水在竹葉尖上凝結一樣，等到她張開眼睛，她說：『或許說這些對你來說很殘酷，對我也是。但是我還是必須說。我知道你不會生氣，你只會非常迷惑，非常急切地想弄懂我在說什麼，想弄懂自己在想什麼，那好，你就把迷惑，把急切當作我送你的禮物吧。好好珍惜。』她說到這裡，又閉上眼睛。我知道她什麼都不想說了，於是我跟她說謝謝，離開她的系辦。」

「結束了?」D說。

「結束了。她的部分。」教授說。

「老鼠呢?」我說。

「老鼠的部分今天來不及講了。」

確實是,已經快十一點了。

「那為什麼花一個晚上講她呢?」D似乎有點生氣。

「因為沒有她,就沒有老鼠啊。」

「不是母子關係吧?」D問。

「沒有那麼具直接性。」

「那就好。」D說。

「那就好。」我說。

「今天晚上真的謝謝教授。」F說。不愧是有修生物學的人。

「可以再問最後一個問題嗎?」D問。

「我也沒菸了。」教授說。

「不是要跟你要菸。」D深呼吸。今天晚上真是深呼吸之夜啊。大家都像吃了薄荷糖的企鵝那樣深呼吸著呢。我試著把它翻成英文。應外系的壞習慣。「The night of taking deep breaths」。一點意義都沒有。

「我們跟老鼠到底有什麼關聯？」

「這個以後有機會再說吧。」

「哪時候有機會？」

「最後一個問題問完了吧！你這小子。」

「還有我！我還有一次機會。」我說。

「喂！我可不是什麼益智節目的主持人喲。好啦，F那邊有我的電話，你們想聊隨時都可以跟我約時間啊，況且你們應該也很忙吧。約會什麼的。喝啤酒什麼的。」

「再忙，也要跟你聊完老鼠再走。」D說。

「會挪時間出來的。」我說。

「那教授回去開車小心喔。」F說。生物學難不成是八個學分嗎我佩服地想著。

6

那個晚上之後，我和D確實地跟F要了老教授的電話，也打了三次給他，但總是很不巧地沒有見成面（例如他要擔任可疑的研討會主席）。

我們還是老樣子。每天抽兩包紅Marlboro，喝五杯左右的咖啡。熬夜到早上，睡到下午。偶爾會到學校上課，讓同學說：「哇！好久不見！我們還在賭你們今天會不會來上課說。」

蹺掉一堂一堂的課，那是什麼樣的感覺？又為什麼我們要這樣做？答案可能《車輪下》有寫，可能《徬徨少年時》有寫，可能《荒野之狼》裡有寫，甚至可能連《流浪者之歌》裡頭也有詳細的記載。

赫曼赫塞會懂喔。如果是他絕對沒問題。

當然大多數的大學教員不是赫塞那一型的，看到我跟D頭就隱隱作痛。

「這兩個學生看起來品行很差。」

「很自以為是。」

「成績不好又不來上課，以後鐵定是廢物吧。」

廢物。我閉起眼睛想像一下廢物是什麼樣子，跟D在宿舍陽台抽菸的時候。

「怎樣？想像得到嗎？」D笑著問我。我張開眼睛。

秋天的天空像快要被彎曲折斷的塑膠尺那樣充滿張力。

「想像不到。」我說。

「再怎麼想都只想到那些教授的臉而已。」

D轉過頭來看我。

「Bingo！」

哈哈哈哈哈哈。

「事情不是這樣子的吧。」是我們最常掛在嘴邊的話。

學分制度。事情不是這樣子的吧。

退學制度。事情不是這樣子的吧。

點名制度。事情不是這樣子的吧。

唸大學就是為了要讓你們以後在社會上有競爭力。事情不是這樣子的吧。

被教授指著罵：「你這樣邊走路邊抽菸就像中下階層的工人！」

事情不是這樣子的吧。

然後不曉得過了多久，我想，或許我們是藉著說：「事情不是這樣子的吧。」來逼自己去尋找：「那麼，事情應該是什麼樣子的？」

那個更美麗的，更寬闊的，更誠實的，更具想像力的世界，的自己，應該是什麼樣子的？

「這樣的尋找可以更平和。」幾年後，我內心浮現這樣的結論。

在龍捲風已經掀開一百間平房、五間教堂、七間酒吧的屋頂之後。

乳牛們降落在大海上，把大海搞得跟拿鐵咖啡一樣。

或許這樣的結論來得太晚了吧。

「太晚了嗎？」我問D。

D沒有回答。

D已經不在這邊了。

7

大一上學期，快接近期末考的那個禮拜，F幾乎每天都來敲寢室的門。

「喂！唸書了啦！」摘掉D的Gamma全罩式耳機。

「喂！唸書了啦！」搶走我手中的小說。

我們三個人抽抽菸，聊十幾分鐘左右的天。

「生物系的課很重嗎？」D問。

「快被那些原文書搞死了。你們外語系的咧？」

「實際情況我也不清楚。」D回答。

真的是非常honest的回答。

大概抽兩根菸，F露出「跟這兩個傢伙耗下去也沒用」的表情站起來，說：「你們好自為之，我下學期還要看到你們。」然後拖著淺藍色的影子離開。

D重新戴上耳機。

我拿起小說，從被打斷的地方接下去讀。

有時候我們會問F老教授的事。

「老教授最近怎樣？」

「老樣子，常講不好笑的笑話。口頭禪是好。好。」

「嗯。」

「倒是老教授有問起你們。」

「他怎麼說？」

「他說你那兩個痞子朋友最近怎樣？」

「你說什麼？」

「常蹺課。一天抽兩包菸。常頂撞師長。」

「我謝謝你這樣跟他說喔。」

「難道不是事實嗎？」

無話可說。

「那老教授說什麼？」

「他叫你們這兩個敗類振作一點。」

「真的假的？」

「假的啦。那是我說的。」

D踹F一腳。

「他到底說什麼啦？」

「他說很像你們的作風。」

「然後呢？」

「他說你們就跟老鼠一樣。」

「什麼意思？」

「我也不知道啊，你們自己不會問他。」

「他很忙啊。」

「你們也不差啊。忙著蹺課，忙著讓菲利浦莫里斯有限公司的財務小姐數鈔票數到手軟。」

那是製造Marlboro的公司。

「謝謝您的誇獎。」

「哪裡哪裡。」F最後說。

8

期末考結束之後，寒假到了。大學的第一個寒假。

大多數的住宿生在寒假開始之後三天就像尿很急似地陸續打包好行李回家了。

我和D大概尿還不急，在空蕩蕩的宿舍住了一個多禮拜。

每天睡到黃昏才起床。

起床之後拖著被夢咬得爛爛的意識到陽台或者頂樓看夕陽。

夕陽簡直像要訣別的人那樣，用充滿憂傷的光線觸摸世界上每一項事物，要把事物的形狀、溫度、顏色、心跳、所有的細節、所有的內容通通記得並且深深刻在心底的觸摸。像溫熱的淚水沿著臉的曲線填滿每一個毛細孔，濕潤每一根毫毛，在下巴的地方短暫停留，無聲滴落的觸摸。

但是沒有辦法。世界上實在有太多東西了。

夕陽還來不及全部記起來，黑夜就操起鐵鎚，匡匡匡地，把夕陽敲到地平線下面。

那應該很痛吧，被鐵鎚匡匡匡地敲。我盯著逐漸加深的夜色想。

遠方公路的燈像事先約好似地一塊兒亮起來。

不過幸好夕陽應該會記得我吧。

我是被觸摸過的。被觸摸時，我的身體也貪婪地記憶著觸摸我的光線。

在身體內部，有活生生的，生命力旺盛的不捨。

我不懂那樣的不捨是什麼。

它伸出紫紅色的舌頭，舔遍心臟裡的每一吋空間。

那被舔過的地方像要燒起來一樣疼痛。

宿舍關閉的最後一天，我把背包塞得像湯瑪斯•曼的《魔山》那樣滿滿的，跟D互道再見，騎摩托車回家。

9

寒假的時候收到老教授的信。

名副其實的信。

不是長得很畸形的茄子，也不是流出鹹鹹眼淚的海龜，而是貼上郵票的，郵票上蓋著跟淡水鐵蛋沒兩樣的郵戳的，信。

雖然是手寫的影印副本，但是是寫給D、F跟我的。

到底我有多久沒有收到手寫的信了呢？

一度我以為用手寫信這項技藝已經在地球上失傳了，只剩那些在太陽系邊陲的低度開發星球還保留著。

老教授的筆跡令我聯想到遠古的河邊，穿著獸皮的女人一邊嚼著大麻葉一邊捏出的人類歷史上第一個陶器。陶器散發出志得意滿的樸實味道，當時還不識字的陽光暖暖而笨拙地曬著它。

女人帶著炫耀的表情，把陶器捧在手裡，跟男人說：「喂你看，我做的耶。」

男人正在用狼牙棒抓背，他瞄了那中間鏤空的土塊一眼，十分驚訝地說：「這麼說來，妳一個下午坐在河邊，就是在搞這個？」

「就是啊！」女人很得意。

「這到底有什麼用！」

「可是你不覺得很美嗎？這個造型。」

這是人類第一次使用「美」這個字眼。

男人像剝了皮的野豬那樣血淋淋地沉默著。

他完全搞不懂「美」這個字，他被徹底擊敗了。

深夜，女人熟睡後，男人坐在洞穴的火堆邊，抽著失眠的菸，一面滿懷戒心地瞪著角落的陶器。終於他忍不住走過去，將怎麼看都是個土塊的那東西拿起來仔細端詳。忽然，像被雲豹咬住肩膀的領悟，他把抽剩的菸丟到陶器裡。

「原來如此！」男人佩服地吶喊。

這樣就不用再被女人罵「你一定要把菸蒂丟得滿地都是嗎？」了。

「原來如此啊！」

「原來這就是美。」

「其實沒那麼難懂嘛！」

男人在火堆裡多加幾片木頭，心滿意足地睡了。

睡醒後我把老教授的信裝進口袋，走到廚房喝了三大杯水，坐在椅子上把信重讀一次，可是再重讀幾次都一樣，我無法確切理解那封信想表達的東西，無法像泰國的大象那樣將某種意涵沉甸甸地踏進潮濕的土裡。

那不像一封老人應該寫出來的信，雖然我也不清楚所謂「老人應該寫出來的信」是怎樣，但總之那更像是一封少年坐在簡陋又瀰漫煙霧的破咖啡館裡，一面喝著冷掉的咖啡一面聽著他無法理解的《Somewhere in Time》的電影原聲帶寫出來的東西。在文字中我什麼都讀不到，什麼都掌握不到，如果要我寫讀後心得或是本文大意我會把鉛筆吞到肚子裡。

少年不是應該能理解少年嗎？我取出被我坐扁的菸盒，掏出一根形狀像蹩腳的蛇的菸來，含在嘴裡。或許不是這樣吧，少年不能理解少年，就像啄木鳥不能理解鑿冰刀一樣。所謂理解，應該是對某種脫離狀態的掌握，就像蛇能理解蛇皮，蟬能理解蟬殼。是這樣嗎？我不確定。找不到打火機，我把廚房的瓦斯爐打開，小心不要燒到鼻尖地把菸點燃。

「好，好。讓我們延續上回的老鼠話題。和國小同學談完話之後，我花了半年，將許多事情技術性地處理掉。能讓助教或同事接手的就讓他們接手，非我不可的研究或教學計畫，就用相當麻煩但有效的方法解決。至於是什麼樣的方法，如果要寫出來，這封信可能就會變得跟《戰爭與和平》一樣長，你們應該都還不到想讀托爾斯泰的年紀吧？總之，半年後，我知道時間到了，於是放下一切，真的說是一切也不過分，花了幾十年累積出來的一切，跑到了花蓮。

這樣寫起來真的像是腦袋裡流著岩漿的莽撞少年，不過那是因為我不想把細節一一記錄下來的緣故。我跑到花蓮去，住在海邊的一棟小屋裡，是非常現代化的小屋，有電，有瓦斯，有感動人心的熱水，甚至也可以上網（畢竟我不是什麼魯賓遜啊），我把之前寄到的notebook接上線，每十天固定回一次系上寄來的信。可是在這麼偏遠的地方，即使是在寫信，也會漸漸失去溝通的感覺，引用到一些艱難的生物學術語時，我不覺得自己是在解答誰的困惑，反而像是在寫著以西元三〇〇四年為背景的科幻小說。

我在那裡過的生活，是我從來沒有想像過的。我失去了目標，但是在岸邊的一個岩塊上，找到了可以聽海浪的好地方。聽海浪的時候，心像要被漂白似的空虛，我回想這幾十年——要回想幾十年不是一件容易的事——如果我是研究羅馬編年史的教授，或許會更容易吧，但是我是教生物學的啊。回憶裡，充其量也只有影像，很多人的臉淡入又淡出，我請他們留在原地陪我，可是沒有任何人留下來，留在岸邊的頂多只有空寶特瓶而已。

在海邊的小屋，我過了可以說毫無結論可言的兩年。第一年還每十天規律地回信，但第二年連回信都免了，因為我已經沒有任何東西可以給台灣的生物學界了，這點我比誰都還清楚，我不再讀國外最新的生物學期刊，也沒辦法再帶領任何具開創性的研究了，這是損失嗎？或許是吧，但不是不可替代的損失，只是像菸抽完了再買一包那種程度的損失，沒有人會為抽掉的菸傷心，連林黛玉都不會。兩年之間我不間斷地在網路書店上買書，買小說、買心理學的書、買哲學的書，連存在主義的小說也看了不少。

跟小屋的主人泡茶聊天時，他笑著跟我說，這種年紀還在讀卡繆的人真是不多見。他說的或許沒錯。我問他，那跟我同年紀的人都在讀什麼呢？他說，什麼都不讀啊。什麼都不讀？對啊，讀了也沒用啊。考卷已經收走了，就算這時候翻書找到答案也來不及了啊。一百分就是一百分，零分就是零分。留著大鬍子的主人說。他大概剛過四十歲，這間小屋的旁邊是他的陶藝工作室。」

我抽著菸，想著考卷已經收走的事，怎麼想都令人沮喪。我不懂為什麼那個自以為了不起的大鬍子男人會對老教授說這種話，或許他覺得自己還很年輕吧，跟老教授比起來的話，當然。可是只要我們還活著，考卷就還沒收走不是嗎？就應該像十五歲的愛美少年擠青春痘那樣拼了命地擠出答案來。

或許我應該找個機會去那個鳥蛋陶藝工作室的，我第一次讀這封信的時候就這麼想，我應該砸爛他所有的陶藝，對他說：「你可以不必再捏什麼陶藝了老頭，你的考卷已經被收走了。零分就是零分。」他會被我嚇到，大鬍子，因為我閃亮亮像鑽石一般年輕著，他跟我根本沒得比，他連跟我站在同一個擂台的資格都沒有。我要把他加諸在老教授身上的，通通加倍——像麥當勞加了五元的薯條那樣——加倍奉還給他。

可是另一方面我也搞不懂老教授。他為什麼要特地跑到什麼花蓮去呢？既感到空虛（心像要被漂白似的空虛），又讀了卡繆。

無論如何，他是第一個讓我覺得費解的老人，或許所有的老人都很費解吧，只是我們從不曾去理解些什麼，就像D說的，我們不必去懂相對論，只要看起來知道就可以了。

我忽然很想念D，他應該也收到老教授的信了，我需要他在身邊給我一些毫無意義的答案。不知道為什麼，但是毫無意義的問題加上毫無意義的答案通常會讓我心情變好。

天氣很冷，可是我還是決定出門，走五分鐘到附近的便利商店，買了一罐跟海豹的金邊眼鏡一樣冰的啤酒。這種天氣不會有人喝冰啤酒。這種天氣喝冰啤酒對誰都沒好處。連釀造啤酒的麥汁都不會樂意見到我在這種天氣買了冰啤酒。

我坐在便利商店外頭看起來好像跟旁邊的郵筒鬧得很不愉快的長椅上，繼續讀老教授的信。

10

「我每讀完一本書，就把書扔到海裡。或許有些人會覺得難以接受，書不應該被這樣對待，書應該被每一個人珍惜地閱讀，而且那珍惜的眼神應該永遠地流傳下去。

但是我還是這麼做，每讀完一本書，就站在靠海的岩壁上，吹一下風，發一下呆，然後將手中的書拋出去。書頁在強勁的風中被激烈地翻動，然後無聲無息地被墨黑的大海吞沒。《佛洛伊德全集》也好，袖珍本的《異鄉人》也好，全都一樣無聲無息地被海吞進去，或許這就是所謂終極的平等。當然會這樣想必定是因為我是一個疲倦而困惑的老人的緣故，你們應該不會這樣想的，也許你們覺得自己可以寫出讓大海溢出來的書。

雖然那是一片巨大無比、瀚無涯際的海，吹著幾乎讓我站不住腳的風，但是我覺得在你們身邊，卻好像可以感覺有種比海洋還遼闊的東西正在掙扎著生長，那東西擁有連自身的立足之地都想摧毀的蠻橫力道。

就在第二年也快結束的時候，我聽到內心裡有河流動的聲音。那不是什麼文學上的誇飾法——雖然我還滿喜歡那個——那也不是幻聽，那聲音比我吃過的所有豌豆都還要真實。

我知道在高山上，可能有某處冰原開始融解了，而那是幾十年來都沒有融解過的，太陽像在清點著地球上的冰原的時候發現，唉呀，這個老人內心的冰原幾十年都沒有光去照射呀，於是派出了績效最好的陽光那樣，開始烘烤那塊被僵化的語言所禁錮的冰原。

我不知道要如何描述這樣的感覺給你們聽，我所知道的是，我心裡充滿了那種想尖叫著對某個人說我愛你的情緒。更誇張的是，我整個肉體整顆心都渴望著性愛。我從來沒有經歷過那麼可怕的慾望強度，甚至少年的時候也從來沒有。」

教授說得對極了。我真的不能接受，我指的是我不懂那些書被丟到海裡的意義是什麼。或許太平洋裡的海豚現在也學會了精神分析也不一定，而鯨魚再也不會有性壓抑的問題了，我是說，如果牠們本來有的話，不然牠們幹嘛噴那些無聊的水柱。不過這完全不是重點。重點是，我不能理解老教授到底感受到了什麼，如果我們一起喝double的芥末奶茶，老教授說：「我覺得很辣。」這不會有任何問題，「辣」這種東西連蝸牛都感受得到。

可是內心有河流動的聲音大概跟辣不一樣吧。為什麼一個老人要到花蓮的海邊丟書然後讓莫名其妙的陽光照到冰原上，這件事情超過我的想像太多了。

我喝掉了半罐啤酒，覺得非常非常想小便，如果現在有人吹口哨我絕對會尿出來，幸好沒有人會在冬天吹口哨，會在冬天吹口哨的只有口哨糖的測試員而已。

我想打電話給D，我想問他：

「你對老教授的信有什麼意見？」

他會給你像橘子皮一樣愚蠢而辛辣的答案：

「喔，那讓我夢遺了好幾天呢。」

而這會讓我心情稍微好過一些。

我站起來，非常小心翼翼地走回家，因為動作大一點的話膀胱就會傳來像奔牛節的西班牙般的壓迫感。

邊走路我想起一本書。是邱妙津的《蒙馬特遺書》。那是一本我愛死了的書。大概看了十幾次吧，可是每次看完的感覺都一樣，那就是，我搞不懂這本書。我不知道為什麼會在想尿尿的冬天街道想起這本書。

尿完尿之後打電話給D，沒有人接。

我回房間，我的房間髒亂到我覺得它可以在一秒鐘之內讓你生出絕望的念頭。每當有人走進我房間，他們會在瞬間感到混亂：為什麼我會有這種絕望的心情呢？可是並沒有發生任何絕望的事呀？他們不了解，要有絕望的心情不一定要在經濟大蕭條的時候關閉牙膏工廠，只要有個像我一樣的房間就可以了。

當然有些人是免疫的，像D，像我。

T有次來我家玩，他甚至不肯進我房間。

「要我進去你不如把我的頭直接塞到馬桶裡比較快。」

T有時候就是這麼一個溫暖而誠懇的人。

我躺在床上讀教授的信。床頭櫃擺著昨天喝剩的可樂，我拿起來喝了一口，沒有氣泡的可樂喝起來就跟翻譯得很爛的《麥田捕手》一樣。

「離開花蓮之後，我到了MIT（麻省理工學院，聽過嗎？）的媒體實驗室（Media Lab），參與了人工智慧的開發計畫。

我大略跟你們解釋一下這項開發計畫背後的概念，雖然這項計畫後來是被證實行不通的，無論是技術層面或是倫理道德層面。

簡單來說，我們計畫要以生命以及無生命介面的互動，來製造出可以進行決策與問題尋思的機器。說是機器有點奇怪，事實上它應該是一個我們稱為媒體板（media board）的東西，也就是那天你們在實驗室中聽到的，由老鼠籠上的麥克風發出來的聲音。

這是一個龐大到嚇人的計畫，主要由四組人馬分頭進行，第一組人負責生物，不是研究生物本身，而是研究生物的溝通行為，並且將所有的溝通行為整理成可辨識的資訊，這裡的溝通指的不是像對話這樣的東西，而是指能夠顯示生物狀態（包括內部因素與環境因素）的一切行為，我就是在這一個小組裡頭工作的。

第二組人馬負責程式語言。第三組負責語彙資料庫的建構，如果哪天你們在媒體板上發現一隻可以跟你們討論村上春樹的老鼠，那麼很大一部分就是這小組的功勞。

第四個小組我們戲稱為pragmatism，也就是所謂的實用主義，他們負責思考如何將media board的功能做整合與應用，這個小組的成員背景也最多元化，有生物學家、社會學家、程式工程師、法律學家、倫理學家、情境邏輯學家，甚至也有電影導演或動畫設計師。

一開始，這是個讓大家都非常興奮的計畫——雖然觀望或反對的聲浪從未停過——還是吸引來大批的報導以及贊助廠商。可是問題，最根本、核心的問題終究還是慢慢浮現。

如果要將問題以語言的形式清晰的表達出來，那麼問題大概有兩點：第一點是，機器與生命感的混淆。第二點是，生命是否應該以機器（media board）的運作為目的（purpose）而被使用。

媒體實驗室認為，人工智慧如果加入生物因素將會更具成功的可能性。問題是，如何讓生物（例如老鼠）具有人工的思維而後能去與media board互動呢？我們主要從兩個方面著手，第一個方向是訓練動物具有跟人類相仿的概念，包括自我意識、未來感、自由甚至於是自我實現。第二個方向則是透過動物的行為來編輯程式語言，讓動物可以使用人類的語言表達。

這兩個方向製造出會在media board上說：「我覺得很不自由。」的老鼠。於是第一個問題就產生了，media board讓人類跟老鼠產生了難以想像的情感以及十分綿密的溝通深度（有些人甚至跟老鼠談到了自己小時候內心的陰影），可是也有人開始困惑，我到底是在跟生命（所謂的意識主體）對話，還是事實上沒有意識主體存在，只有媒體存在，而媒體造成了生命的錯覺。

這個衝突引發出第二點爭議，也就是，如果老鼠是意識主體，牠跟人類除了形體不同之外，沒有其他差別的話，那麼老鼠應該也具有人格，將具有人格的老鼠當作media board的運作零件的這個行為，便違反了康德定言令式（categorical imperative）的第二項公式：『如此行動，將他人以及你自己始終視為目的，絕不能僅當作目的的工具。』

你們或許會覺得相當奇怪吧，是media board讓老鼠具有所謂的人格（儘管很多人堅決主張那只是幻影），但當牠們具有人格之後，卻又不得不與media board所蘊含的異化（alienation）發生衝突。

這些問題浮現之後，媒體實驗室發生了好幾次正式或非正式的辯論，這些辯論所帶來的結果就是，有將近一半的人決定從這個計畫裡抽身，理由或許是他們覺得不能對不起自己的價值觀，或許是他們無法處理內心的衝突與疑慮。

你們可能認為科學家都是一些腦子裡除了數字之外沒有所謂道德意識的人，可是事實證明不是這樣子的喔。這些人的離去讓整個計畫停擺下來，媒體實驗室宣布放棄，而我也在這個時候回到台灣。

回到台灣後，我召集了一些人，繼續media board的研究，當然規模小很多，不過我們也不求什麼成果，只是憑藉著熱情與好奇心在做。

我想到，或許當時在MIT，我們都忽略了一個很重要的問題，這個問題在存在主義中探討了相當多，也就是人的抉擇。

當然，要將抉擇的要素放在media board裡頭簡直是異想天開，因為首先，老鼠的人格某部分來說，是由media board所決定的，如果抽離了media board這個環境框架，老鼠也就不再能以人類的語言表達，也更談不上所謂的人的抉擇。

雖然如此，我還是請同事幫我設計了一個控制程式，它的功用是，如果有一天，老鼠決定要離開media board，那麼牠可以自己開鎖，自由地離開，成為一隻平凡的，不再能夠使用人類語言的老鼠。

一直到我來你們學校任教為止，常常盤據在我心中的兩個問題便是，是否會有老鼠為了自由，而去做那個不可思議的抉擇，而將鎖打開？

是否會有人為了自由，而割除自己曾經擁有的表達工具、表達環境，而走向某個不可知的境遇？

我不敢確定你們那天深夜跟老鼠講的話跟老鼠的離去之間，有什麼必然的關聯性，我只能說，老鼠的離去幫我解答了其中的一個問題，如是而已。

下個學期我將轉往北部的大學任職，想不出什麼話送你們（本來我就不是那種很會鼓勵後進的人，頂多只會泡泡難喝的即溶咖啡），唯一的類似啟示的東西，也是從老鼠那邊得來的，牠們留下來的空籠子彷彿這樣對我說：『或許某些程度上，我們都被表達的形式所限定、形塑，但那不代表我們就必須放棄抉擇與自由的機會。』

有時候我會幻想著，說不定老鼠們找到了一個地方，在那個地方牠們還是可以表達得很好（而且用的是自己創造的語言），不是什麼該死的media board裡頭的零件，那是一個美好到令人羨慕得牙癢癢的地方。每當我這樣幻想，當天夜裡一定會作微笑的夢，簡直就像路易斯・阿姆斯壯在旁邊唱著〈What a Wonderful World〉一樣。祝福你們。」

11

寒假快結束的時候，我和D約在我家附近的書店碰面。

我們找了家可以抽菸的咖啡館，坐下來聊天。

我點像鳥叫一樣淡的美式咖啡，他點像瓶蓋一樣小杯的espresso。

坐在靠窗的位置，天氣很好，陽光透過玻璃窗照射進來，輕柔地，他的臉上有「早餐特價」這四個字的影子。

我問他：「路易斯・阿姆斯壯是誰？」

「一個爵士音樂家。Louis Armstrong was the epitome of jazz and always will be。我從他的唱片簡介裡看來的，艾靈頓公爵說的。他也是個爵士音樂家。」

「epitome 是什麼意思？」

「象徵或縮影吧。」D回答。

我們像抽著燃燒的時間那樣抽著菸。

「你看完老教授的信有什麼感想？」我問。

D已經喝完瓶蓋裡的espresso了，現在正像駱駝那樣喝著淡藍色水杯裡的檸檬水。

「讓我很想吃洋蔥炒飯。」

「為什麼？」

「因為花蓮的海邊感覺很冷啊，Boston的MIT感覺也很冷啊。在很冷的時候，我都會想，如果能來一盤撒滿新鮮洋蔥的熱騰騰炒飯，一定很過癮。」

我沒有說話。

煙霧像誰的逃逸的靈魂那樣飄浮著。

「除了這個呢？我是說，比較深入的感覺。」

「什麼？你的意思是洋蔥炒飯不夠深入嗎？」D笑著回答。

忘了是誰說過的，有時候，人生不過是一杯咖啡所帶來的溫暖問題。

確實是這樣。

確實洋蔥炒飯是夠深入了。

後來我又在那所大學讀了一年半，跟D、跟T、跟F度過無比美好的頹廢歲月。

然後我離開。嗯。嚴格說起來是被退學。

被退學之後，我整天無所事事地閒晃，不跟任何人說一句話，也沒有人想來跟我說話。

我時常想起老教授，想起老教授的國小同學，想起夕陽的光，想起和D、T、F一起抽過的菸，一起聽過的音樂。

老教授的國小同學說：「要告訴他這條河不是唯一。」

可是這條河邊有我所有的語言。

「要請他回到源頭，問問源頭，其他的河在哪裡？」

那位心理學教授忘記說的是，走回源頭的過程是很孤獨的哦，孤獨到連仙人掌都想跟它聊一兩句的地步。

「身上插那麼多刺很辛苦吧？」

當然仙人掌沒有理我。

而且，也不確定自己走的是不是正確的路。

在將事情順利誠實地說出來之前，只好保持沉默。

藍色電話亭的事是真的，或許那是種失語的孤單。而我真的把所有的零錢拿去換了啤酒，喝得很醉的時候，我想，或許該把這些東西寫下來，用自己的語言。

有時我也會想起老鼠。

雖然老鼠走了很可惜，media board真的很有趣，（你想想，一隻會說「去你們的」的老鼠！）但是如果老鼠沒走，我可能什麼都不會寫吧。

「人有時候是會被老鼠激勵的。」

這是我最後想說的話。

4

牛皮紙袋的約定

有些時候，他會希望，能在故事就要成形的那個瞬刻，練就某種迅速抽手的本領。他甚至也懷疑會不會有可能他選擇成為一個寫故事的人，是因為他想享受：沉默、遺棄、背叛，宛如教堂的宏偉地基在漫長雨季中逐漸地傾頹凋鏽，像稚雞尚在裂紋雷走的卵中，離出生僅剩下薄而透光的膜的距離，卻不明白原因地便捻熄了微弱的心跳。他想那便是殘酷在心中如同風灌滿船帆的時間節點，像要遠行了，然而卻頭疼如椎，以至於關於所有流浪者探險家的想像蠢動，那些個由經緯、島嶼、神話、寶藏所共同允諾的他方概念，都無法把他從疼痛的房間中拉出。那個房間，或許兩坪見方，有一吋分不清日月的模糊光暈照在地板上看護發芽的蕈類。書桌灰塵遍佈。沒有床，也沒有衣櫃。他青春莽撞少年一般急急刺探著疼痛之身體的邊界與高點，屢屢在猛衝之下跌個狗吃屎。

他在《La Vie》雜誌上讀到大提琴家與其妻子的專訪，訪問的地點在紐約，秋季。那個秋天他也正好開始寫了一些故事。他只花很短的時間寫，每個故事的長度至多不超過三千字，通常都只有幾百字。那是彷彿火柴的光一樣的故事：照見栩栩如生的幻影、過世的親人摯愛、逝去的夢。火柴的燃燒如此激烈，幾乎像拔高又旋即被壓抑下來的哭泣。在火光熄滅後的漫長黑暗中，他感覺到，這樣包圍著晃漾著他的黑暗稠泥，因為曾經有過思緒與想念的介入，而與以往不復相同。即使在旁觀者眼中，那都是相同的暗。那是因為那些旁觀者沒有在永夜裡擦亮一根火柴的經驗。

他很想以「生命」為起始，寫下些龐大的句子。像是：「生命總會走到收束的時刻。」原先壯闊的溪流在面對山勢的夾逼脅迫時渾身的不自在和幾乎就想倒流回源頭的任性。但是隨即他又想到，那些被迫隱遁在如此粗略比喻之下的細節，難以歸類，連意義性恐怕都相當稀薄的細節：熬夜時幾欲乾嘔的感覺、散落在菸灰缸附近的菸灰、眺望著灰色的天空在清晨緩緩沉落進衰弱男孩的夢境裡……這些，都將因為自己貪圖一時方便而寫下的字句而渾身不自在，而幾乎想倒流回源頭。

大提琴家的妻子說：「我正在寫小說……一天寫一點點……還活著時有沒有辦法出版沒有關係……重要的是……。」

他將雜誌寄給北部的朋友了，因此無從查閱起大提琴家之妻說的，重要的究竟是什麼。但是他能夠想像，在想像中靠近那位女子的心情。重要的是：一天寫一點點，於紙張、於電腦鍵盤的彈觸跳躍。劃一根火柴。光影相互咬囓的血痕是多麼柔美地迤邐在漆黑的雪上。在盲目中向著誰求索觀看的權利。

女子寫完小說，是故事或僅是段落而已，幾頁紙，柔韌的指腹撫摸過光滑亮麗的紙面。窗外，異國市街的人車聲或鳥鳴，溫柔地飄墜，填平了紙面上字跡符號的凹陷處。她或穿上小靴，將稿子裝進早已預備好的牛皮紙袋，散步到三條街距離處的郵筒。她算好了時間，知道此刻郵差正剛收過信。將牛皮紙袋滑入郵筒中，聽見咚一聲沉篤的聲音。她愛聽這樣有著近似低音大提琴質感的聲音。她在街角買了貝果與熱咖啡，替丈夫買了日報。一路上，她想著明天。明天的一點點，明天的聲音。竟天真到彷彿像是與未來有了約定。

九 歌 文 庫 1 3 3 7

敲昏鯨魚

國家圖書館出版品預行編目（CIP）資料

敲昏鯨魚／包冠涵著 . -- 增訂新版 . -- 臺北市：九歌，2020.09

256 面；14.8×21 公分 . --（九歌文庫；1337）

ISBN 978-986-450-307-0（平裝）

863.57 109011222

作　　者——包冠涵
創 辦 人——蔡文甫
發 行 人——蔡澤玉
出　　版——九歌出版社有限公司
　　　　　臺北市 105 八德路 3 段 12 巷 57 弄 40 號
　　　　　電話／02-25776564・傳真／02-25789205
　　　　　郵政劃撥／0112295-1

九歌文學網　www.chiuko.com.tw

排　　版——綠貝殼資訊有限公司
印　　刷——前進彩藝有限公司
法律顧問——龍躍天律師・蕭雄淋律師・董安丹律師
初　　版——2013 年 1 月
增訂新版——2020 年 9 月
定　　價——320 元
書　　號——F1337
I S B N——978-986-450-307-0